约瑟夫·罗特（Joseph Roth，1894–1939）

国家社会科学基金项目：约瑟夫·罗特与奥地利文学中的“哈布斯堡神话”研究
（项目编号：18BWW068）

主编 刘炜

JOSEPH

罗特小说集

6 ·塔拉巴斯·

[奥地利] 约瑟夫·罗特 著 刘炜 译

ROTH

漓江出版社
桂林

图书在版编目(CIP)数据

罗特小说集 6 / (奥地利)约瑟夫·罗特 著;刘炜 译、编. —桂林:漓江出版社, 2018.10

ISBN 978-7-5407-8478-2

I. ①罗… II. ①约… ②刘… III. ①长篇小说-小说集-奥地利-现代 IV. ①I521.45

中国版本图书馆 CIP 数据核字(2018)第 168630 号

罗特小说集 6(Luote Xiaoshuo Ji 6)

作者:(奥地利)约瑟夫·罗特　　译者:刘炜

出 版 人:刘迪才

出 品 人:吴晓妮

责任编辑:叶　子

助理编辑:韩亚平

装帧设计:李诗彤

责任监印:陈娅妮

漓江出版社有限公司出版发行

社址:广西桂林市南环路 22 号　邮政编码:541002

网址:http://www.lijiangbook.com

发行电话:010-85893190　　0773-2583322

传　　真:010-85890870-814　0773-2582200

邮购热线:0773-2583322

电子信箱:ljcbs@163.com

北京汇瑞嘉合文化发展有限公司

(北京市经济技术开发区荣华南路 10 号院　邮政编码:100176)

开本:880mm×1 230mm　1/32

印张:7.25　字数:110 千字

版次:2018 年 10 月第 1 版

印次:2018 年 10 月第 1 次印刷

定价: 45.00 元

献给我的父母

塔拉巴斯

一位大地上的过客

目　录

第一部　/　001

第二部　/　123

第一部　考验

一

公元1914年8月，在纽约住着一个名叫尼古劳斯·塔拉巴斯的年轻人。他所属的民族曾是伟大沙皇的臣民，而今却被称为“西部边民”。

塔拉巴斯是个富家子弟，先前上过圣彼得堡技术大学。第三学期时，他参加了一个革命团体，并非出于真正的信念，而是由于一腔年轻的热血无从宣泄。没过多久，这个团体参加了一次针对总督谢尔松的炸弹袭击。于是，塔拉巴斯和他那帮同志被告上了法庭。他们当中有几个被判了刑，另外几个，包括塔拉巴斯，被释放了。父亲将这个儿子逐出家门，但却许诺说，如果他决心移民美国的话，可以给他一笔钱。于是，年轻的塔拉巴斯没怎么想便离开了家乡，一如他两年前未经深思熟虑便成了一名革命党人一样。他充满了好奇，内心紧随着远方的呼唤，憋足了劲头，信心满满地走向了“新生活”。

结果抵达纽约才两个月，这个水泥丛林般的大城市便唤醒了塔拉巴斯的思乡之情。就算大千世界摆在面前，有时他也会觉得整个世界已经离自己而去。他觉得自己像个老人,心中念念不忘的是已经逝去的生活,所剩时日已经不足以开创新生活。就像人们说的,他浑浑噩噩,不再希求能够适应新环境,也不打算去找个生计。他所向往的是故乡大地淡蓝色的雾霭,是冬天的冻土,是夏日云雀不停歇的高歌,是秋天地里烤土豆的香味,还有沼泽地里青蛙的聒噪和草地上蟋蟀的低吟。思乡之情占据着尼古劳斯·塔拉巴斯的心。他痛恨纽约,痛恨这里的高楼大厦、宽街广巷,痛恨所有石头做成的一切。而纽约就是这么一座水泥石头城。

来纽约几个月后,塔拉巴斯认识了卡塔琳娜,一个来自诺夫哥罗德的姑娘,一个酒吧女招待。塔拉巴斯像爱自己失去的家乡一样爱着这姑娘。他可以和卡塔琳娜说话,还可以爱她、吻她,与她肌肤相亲。卡塔琳娜使塔拉巴斯想起了家乡的田野,想起了家乡的天空和秋天家乡田野里烤土豆的香甜。尽管卡塔琳娜不算老乡,但塔拉巴斯听得懂她说的话。她理解他的情绪,也能顺着他的情绪行事。卡塔琳娜既能减轻他的思乡之情,同时也能让他的思乡之情泛滥成灾。她能唱塔拉巴斯在老家也学过的歌,认识的也都是塔拉巴斯认识的那类人。

塔拉巴斯爱吃醋,狂野而又温存,随时准备动手打人,但也随时愿意献上柔情之吻。他在卡塔琳娜打工的酒吧附近一逛就是几个钟头。他会久久地坐在一张自己情人负责打理的桌子边，看着卡塔琳娜，看着其他酒吧招待以及酒客。有的时候他还会走进厨房去看着厨子。渐渐地，大家便开始觉得尼古劳斯·塔拉巴斯老在自己身边转悠挺讨厌。酒吧老板威胁说要解雇卡塔琳娜。塔拉巴斯威胁说要干掉老板。卡塔琳娜求塔拉巴斯别再来酒吧了，这下更打翻了他的醋坛子。有天晚上，塔拉巴斯真的动手了，他的人生轨迹就此改变。但动手之前，还发生了一点其他事儿。

夏末的一天，潮湿而又闷热，塔拉巴斯来到纽约一个常见的流动游乐场。他在那里漫无目的地闲逛，从一个帐篷摊逛到另一个帐篷摊，百无聊赖地用木球扔向不值钱的瓷器，用火石、手枪和老式弓箭把那些傻乎乎的玩偶射得东倒西歪。他骑马、骑驴、骑骆驼，在旋转木马上兜了一圈又一圈，还乘一条小船，穿过了人造山洞。那里全是张牙舞爪的妖魔鬼怪和阴森森流动着的水。他乘坐过山车，享受那种骤然上下带来的恐惧；在恐怖屋里，又看到了自然界各种残忍的异象，有各种性病，还有臭名昭著的杀人恶魔。最后，塔拉巴斯在一位吉卜赛女郎的小摊前停下了脚步。据说这人能未卜先知，通过手掌看未来。塔拉巴斯是个迷信的人。到目前为止，他已经多次找人算过卦，占卜未来。有用扑克牌的，有看星象的。他自己还研习过星象术、催眠术、特异功能等方面的小册子。要是他在路上遇见白马、扫烟囱的，甚至是修女、教士或其他什么神职人员，这都会被当作某种征兆。这能决定他所走的路、散步的方向，影响到他那些微不足道的决定。早上起来，他会小心翼翼避过老年妇女和长红头发的人。对他而言，要是礼拜天偶然遇到犹太人，那肯定是再晦气不过的事情了。塔拉巴斯整天忙乎的就是这些。

塔拉巴斯驻足在吉卜赛女郎的帐篷前。她蹲在一个小板凳上，脚前放着一个倒扣过来的罐子。上边有各种各样用来算命的物件：一个灌有绿色液体的玻璃珠、一支黄色的蜡烛、几张扑克牌和一小堆银币，还有一根铁锈色的小木棍和用发亮的桂竹香做成的大小各异的星星。很多人拥挤在这个吉卜赛女人的小摊前，但没人敢踏上前去。那女人年轻、漂亮、冷漠，似乎对周围的人熟视无睹，黝黑、带着戒指的双手合十地放在胸前，并低眉敛目，盯着自己的手。在她那件亮红色丝质上衣的下面，可以看见丰满的胸部随呼吸起伏，脖子上三圈沉甸甸的、硕大闪亮的金币串成的项链微微颤动着。她的双耳也坠着同样的金币。金币似乎在丁零作响，但其实谁也没听见什么响声。吉卜赛女郎好像从不打算在莫名神力和世间生灵之间做个收钱的掮客，也不想给人占卜算命，而是想成为决定一个人命运的力量之一。

塔拉巴斯挤过人群，站在罐子前，一言不发地伸出一只手。吉卜赛女郎慢慢抬起眼睛,直勾勾地盯着塔拉巴斯的脸看,看得他不自在地动了动,好像要抽回手。吉卜赛女郎这才抬起她的手。塔拉巴斯可以感受到女人黝黑手指的温热和银戒指的清凉。女郎轻轻地把他拉向自己身边,塔拉巴斯跨过罐子时,胳膊肘碰到了玻璃珠,两个人四目相对。塔拉巴斯身后的看客围拢上来,他的后背可以感受到这些人的好奇,好像他们的好奇心把塔拉巴斯推到了算命女人面前,又好像塔拉巴斯自己也很愿意跨过那个罐子,以便彻底摆脱这群看客和这位吉卜赛女郎单独相处似的。他有点害怕,怕她大声给自己算命,别人会听见,于是便想就此罢手。"别怕,"她用他家乡的话对塔拉巴斯说,"没人能听懂我说什么。但您要先给我两美金,好让别人看到。这样很多人就会离开了。"

塔拉巴斯吓了一跳,这女人居然能猜到自己的母语。她随后用左手收下钱,高高举了一会儿,好让人人都看到,接着把钱放在了罐子上。然后吉卜赛女郎用塔拉巴斯能听懂的话说:"先生!您真的很不幸。看您的手相我就知道,您既是一个凶手,也是一位圣徒。在这世上,再没有比这更为不幸的命运了。您会作恶,也会忏悔。——所有这一切,都发生在今生今世。"

接下来,吉卜赛女郎松开了塔拉巴斯的手,垂下眼睛,又手胸前，一动不动了。塔拉巴斯转身想走。周围的看客给他让出了条路，眼中充满敬意，这家伙居然给了吉卜赛女人整整两美金！那个女人的话支离破碎地盘桓在塔拉巴斯的脑海中，他可以原模原样地把她所说的复述出来。塔拉巴斯茫然地游走在射击和魔术摊位间，又掉头回来，最后决定离开游乐场。他心里想着，该像往常一样，过一会儿去接卡塔琳娜。他觉得自己对卡塔琳娜已经有些陌生，但内心却又不想承认。现在是 8 月底了……天空灰蒙蒙的，乌云密布。狭窄的街道两边耸立着石头房子，给人们头上仅留下一抹狭窄的天空。几天来都说有暴风雨，但却什么都没来。这个国家行使着其他的规矩，而大自然却在这里被那些讲实际的人所左右，这些人眼下不需要暴风雨。可塔拉巴斯渴望闪电，渴望从厚厚的云层中，从低低地覆盖在广袤金色田野之上的天空来一道锯尺形的闪电。暴风雨终究还是没有降临。塔拉巴斯离开了游乐场，去酒吧找卡塔琳娜。他是个凶手，也是位圣徒。他是个干大事儿的人。

越接近卡塔琳娜工作的酒吧，塔拉巴斯越觉得自己明白了预言的意思。吉卜赛女人的话在他的脑海里渐渐串联出了意思。他心想，我会先成为一个凶手，然后再变成圣徒。（命运之神不曾顾及塔拉巴斯，也显然不可能叫他半道儿上妥协、自己突然改变人生。）

当塔拉巴斯踏入酒吧时,在忙着的女招待里没有第一眼看到卡塔琳娜,于是就问她去哪儿了。有人告诉说,卡塔琳娜今天被准了假,要到晚上九点来钟才会回来上班。这件事让他心中一凛,觉得这就是那个预言中命运转折的前奏。塔拉巴斯在桌边坐下,点了杯金酒,女招待对他很熟悉,知道他是卡塔琳娜的一个朋友。他说着老熟客和酒保打趣时常说的那些逗乐话,借以掩饰自己的烦躁不安。塔拉巴斯觉得时间过得太慢,于是又点了第二杯酒,接着又点了第三杯。因为天生不胜酒力,于是很快就忘乎所以,不知自己身处何方,几斤几两。他开始令人讨厌地大吵大闹了。

紧接着,那位吃得膀大腰圆,平时就看塔拉巴斯不顺眼的酒吧老板走了过来,让塔拉巴斯滚出去。塔拉巴斯骂骂咧咧地付了酒钱,离开了酒吧,但却站在门前等着卡塔琳娜。这让那个老板很恼火。几分钟后卡塔琳娜来了,满脸通红。显然因为着急,她的头发凌乱,流露出恐惧的眼神。在塔拉巴斯看来,她却显得比以往更加妩媚动人。“你去哪儿了?”他问道。“去邮局了,”卡塔琳娜回答说,“来了封信,是挂号。邮差来时我不在家,所以必须自己去取。我爸病了,可能快不行了。我必须尽快赶回家!你能帮帮忙吗?你有钱吗?”

妒火中烧、满心狐疑的塔拉巴斯试图在情人的眼神中、声音里和脸上找出撒谎和欺骗的痕迹。他用疑惑的、老大不高兴的眼神上下打量了卡塔琳娜好一会儿。卡塔琳娜不知所措地低下了头，这更让塔拉巴斯怒火中烧，他吼道："你骗人！说，你到底去哪儿了？"此刻他忽然想起今天是星期三，是厨子歇工的日子。这下他的怀疑找到了对证，活生生的对证。可怕的景象在他的脑海中翻江倒海。塔拉巴斯攥紧拳头，一拳打在卡塔琳娜的肋骨上。她踉跄了一下，帽子掉了，手袋也掉在了地上。塔拉巴斯立马从地上拾起包来，一边翻看，一边还不断问着："你爸的信呢？"信没找到。"我肯定把信给丢了！我都急死了！"卡塔琳娜喃喃地说着，眼中滚出大滴的泪珠。

"噢，丢了？"塔拉巴斯吼道。

这边的动静已经引起了几位过路人的注意，他们停下了脚步。这时老板走出了酒吧，抬起左臂护住卡塔琳娜，把她挡在身后，右手指着塔拉巴斯喊道："别在我这儿丢人现眼！快滚蛋！少在我这里站着！"塔拉巴斯抬手一拳，正中对方眉心。几滴血从老板宽阔的鼻梁顺着脸颊流了下来，变成一股殷红的细流。塔拉巴斯心里想，这拳打得不赖。他心中一股热血升腾而起，瞬间便怒火中烧。老板脸上的血点燃了他嗜血的激情，好像在开始流血的瞬间，这家伙就变成了纽约这座石头城里塔拉巴斯唯一真正的强敌。接着，当这位强敌把手伸进口袋想找条手绢擦干血迹时，塔拉巴斯以为他是在找武器，于是径直扑了上去，双手死死掐住对方的脖子，直到老板摔了下去，头撞在了酒吧的玻璃门上。塔拉巴斯脑袋里嗡嗡作响。玻璃的破裂声，死对头身体沉闷的撞击声，那些目瞪口呆、爱凑热闹，同时也被吓得不轻的过客、女招待和食客齐声的大呼小叫汇成了一出恐怖的大合唱。双手攥住酒吧老板粗壮脖子的塔拉巴斯也跟着摔倒在地，他能透过外套和马甲感到这家伙肚子上的肌肉绷得紧紧的，大张的嘴里露出暗红的咽喉和浅灰色的腭床、蠕动的怪兽似的舌头和亮白色的结实牙齿。塔拉巴斯看他口吐白沫、嘴唇发青、下巴肿胀。突然，一只无名大手扼住了塔拉巴斯的后颈，紧紧地掐住他，把他拎了起来。那种疼痛和暴力令人无法抵御。他拳头松开了，头也动不了，什么都看不到了。刹那间，塔拉巴斯被一种恐惧感扼住。他拼尽全力撞开人群，耳边喊声四起，心中惶恐不安。他大跨步地跑到了街对面，将追上来的人和他们的喊声，还有一个警察的尖锐哨声甩在了身后。塔拉巴斯跑着，机械地跑着，就像长了十条腿，肌肉和脚上蕴藏了无比神力。向前就是自由，背后就是死亡。他跑进边上一条巷子时向后看了一眼，发现没人跟上来。于是闪身进了一扇昏暗的门，悄声躲在楼梯间后边。他看着、听着追上来的一群人从房前跑过，还有人从楼梯上下来。塔拉巴斯屏住呼吸，感觉度日如年。他一声不吭地蹲着——就像躲在坟墓里，蹲在棺材里。什么地方有个婴儿在哭闹，还有孩子在院子里喊叫。这些响动让塔拉巴斯镇静了下来。他整了整衬衫、西装和领带，站起身来，小心翼翼地走到了门口。街上看起来一如既往。塔拉巴斯离开了这幢房子。现在夜幕降临，华灯初上。橱窗里的灯都亮了起来。

二

不一会儿，塔拉巴斯发现自己居然又回到了酒吧附近，吓了一跳。他马上转身，隐入街角，消失在小巷中。他确信自己是向左走去的，结果几秒后就发现实际上向右绕了一圈，第二次来到了酒吧跟前。在这期间，塔拉巴斯一直留神着会有什么福祸征兆，比如是否遇到一匹白马、一名修女、一个长红头发的人、一个红头发的犹太人、一个老太太，或是一个驼背。结果他什么都没遇上，于是塔拉巴斯决定赋予其他东西以决定其命运好坏的意义。他开始数路灯和铺路石，数运河隔离网上四方形的小孔，数这里或那里房子窗户关着或开着的数字，还数自己从马路上某一点走到下一个路口的步数。他掂量着各种彼此迥异的暗示,不知不觉来到了一家看上去不错的影院前,这家影院细长昏暗,当时还叫什么“放映机”或“活动图像放映机”之类的。那里有时候会通宵放映不同的影片,从晚上一直放到第二天破晓。塔拉巴斯觉得这家影院突然就出现在了他的面前(而不是他自己走到这里来的),这肯定就是某种预兆,于是他买了张票,跟着检票员黄色的指示灯走进了黑乎乎的放映厅。

这次与往常的习惯不同,塔拉巴斯没有找个犄角旮旯的位子坐下,而是坐在了中间,坐在了其他人中间,离银幕很近,尽管这里看画面并不是太清楚。他决定把全部注意力都放在银幕上,可有段时间根本做不到。不知是因为他是电影放映了一半才进来,还是因为他坐得离银幕太近,他不得不伸长脖子看。因为所坐那排位置太低,没过多久,他的脖子就疼了。慢慢地,塔拉巴斯被故事情节所吸引,开始揣摩自己错过的电影开头,就好像在玩猜字游戏一样。画报里有很多猜字游戏,塔拉巴斯在等卡塔琳娜时,经常可以用这种游戏打发好几个钟头。现在他看明白了,银幕上演的是个非同寻常的男人的故事。这位男士为了保护一个无助的女子,变成了罪犯、凶手、小偷和歹徒。这在塔拉巴斯看来非但无罪,甚至是仁义之举。电影中的男主人公未能博得那女子的理解,却为她做出了许多恶行,最终被逮捕关押在一间可怕的牢房里,并被判处死刑,带到了绞刑架前。当有人像往常一样询问死囚最后一个愿望时,他请求用自己的鲜血在牢房墙上写下情人的名字,并让当局许诺永远不把她的名字从墙上抹掉。这人用从刽子手那里借的一把刀划破了左手,用右手食指蘸了血,在牢房的石壁上写下了对他而言最甜蜜的名字"艾芙琳"。从演员的衣着来看,电影里演的不是美国,也不是英国,而是在某个传说中的欧洲巴尔干国家。男主角一动不动地死在了绞架下。银幕上一片寂静,一片空白。放映机惬意的隆隆声沉寂了下来,背景音乐也同样没了声息。有几分钟塔拉巴斯陷入了思考,不知这部刚看过的电影对自己的经历而言是不是有某些明确的意思,是不是可以把它看作是具有特殊意味预兆中的一个。依他看来,这都是上苍赋予他的。他和电影主角之间肯定存在着某种关联,如同卡塔琳娜和艾芙琳之间也肯定有联系一样。还没等他把此间关系搞清楚,银幕又亮了起来。下一场电影开始了。

新电影讲的是《圣经》故事。参孙被达利拉剪去须发而变得手无缚鸡之力,然后为非利士人所俘。如果说此前塔拉巴斯已受上部影片的感召,准备如绞刑架上的那个男人般忍受英雄命运的安排,为人间的正义而献身的话,那么不妨说,现在他更愿意像影片中的人物参孙那样,死得更加有英雄气概——参孙被剜去双眼后，还向非利士人和达利拉复了仇。于是塔拉巴斯开始把卡塔琳娜当作达利拉，并在二者之间寻找关联。他思考着，在这个与《圣经》故事有云泥之别的美国，他该怎样才能像犹太英雄那样，报复这个非利士人的世界。在纽约也肯定能发生像在古老国家以色列那样的奇迹。上帝很可能就是塔拉巴斯的靠山，借助上帝的力量就可以把监狱和法院雄伟的立柱摧毁。塔拉巴斯感到全身肌肉充满了洪荒之力。一种强大的信仰在心中被唤起。他曾信天主教，但很久都没有去过教堂了。作为一个年轻人，一个大学生，他投身于革命，早将儿时所敬畏的上帝和信仰抛诸脑后，但旋即又迷信上了诸如扫烟囱的工人、白马或红发犹太人。不过，他心中倒是始终有上帝，也喜欢上帝，他认为，上帝不会抛弃信徒，并且上帝也爱罪人。上帝爱他尼古劳斯·塔拉巴斯，这是没说的。他决心虔诚地相信上苍的宽宥，电影一结束就直面世间的公平正义。

孤独与疲倦向他袭来。此时，又开始放映另一部影片。塔拉巴斯坐着没动，他前后左右有新来的，也有看完电影离开的观众。放映机先后放了五部片子。天终于亮了，这里也打烊了。

三

夜间落了一场雨。清晨空气清冽，脚下的铺路石还显得潮湿。水汽在冰冷连绵的晨风中很快就被吹干。洒水车吱吱呀呀驶过街道，把铺路石重新洒过。

塔拉巴斯决定向他遇见的第一个警察自首，但眼前一个都没有。于是他又在想，要不然遇见第三个时再搭话？之所以选第三个，是因为三这个数字总能给他带来幸运。那个酒吧老板是死是活，很可能就取决于此。

第一个警察从后边超过了塔拉巴斯，这不算真正的遇见。那种面对面走来才叫遇见。这会儿又走来一个，手里晃着个橡皮棍，脸上带着倦容，打着哈欠，这才可以算是第一个。为了尽量拖延与第二个警察的相遇，塔拉巴斯拐进了下一条巷子，结果在这里遇见了一个快乐而又年轻的警察，好像才刚刚接班。塔拉巴斯对他笑了笑，转身就走。他并不是害怕可能已经盯上自己的执法者，而是担心预言可能兑现得比想象得早。塔拉巴斯心想，就剩下一个了，然后就听天由命吧！

塔拉巴斯回到了大街上，但在接下来的半个钟头里连一个警察都没看见。他几乎都要盼望这第三位了。就在这时,那第三个警察出现在远处宽阔马路尽头的正中间。在这条通往公园的马路上,警察黑色的头盔在公园的绿色映衬下颇有点显眼。而与此同时,街头响起了纽约报童今天第一声清脆的吆喝。

“奥地利和俄国开仗了!”男孩高声叫着,“奥地利和俄国开仗了!”“奥地利和俄国开仗了!”这是今天最早的报纸,还带着清晨的露水和夜间印刷机的墨迹。塔拉巴斯买了一张,上边赫然写着“奥地利对俄国宣战”。

那个警察走了过来,站在塔拉巴斯背后看着这张刚出版的报纸。

“战争,”塔拉巴斯对警察说,“我要参战。”

“活着回来!”这位警察说,他向塔拉巴斯行了个礼,离开了。

塔拉巴斯追上警察问道,去俄国大使馆最快怎么走。在得到答复后,他大步流星地跑向大使馆,跑向战争。卡塔琳娜、那个酒吧老板,还有他的那些荒唐事都被忘在了九霄云外。

四

纽约的港口硕大无朋。这里有被漆成婚纱白的大船，深绿色的波浪单调且无休止地拍打着船舷和条石，来来往往的是搬运工、水手、官员、看热闹的，还有做买卖的。面对这一切，塔拉巴斯把昨天发生的事忘了个一干二净。这些人有的冒失，有的愚蠢，还有的迷迷瞪瞪，很难去揣摩他们此时的心情；这种心情就像夜间的泉井，淹没于其中的可以是思想、感觉、回忆、恐惧、希望，甚至还有悔恨。有时候连对上帝的恐惧也在其中。深不见底且昏暗无边，尼古劳斯·塔拉巴斯的心就是口真正的井。但他明亮的大眼睛里，依旧闪烁着无辜的眼神。

但无论怎么说，塔拉巴斯登船时还是买下了所有当时能买到的报纸，他想看看有没有关于某个叫塔拉巴斯的人在某个酒吧将某个酒吧老板打死的报道。塔拉巴斯好像在寻找关于一个事件的报道，而他本人就是这起事件的唯一证人。不过在他看来，比这件事更重要的是这艘船，是他要住的舱室，是这艘船上那些古怪的乘客，是他即将面临的战争和家乡。塔拉巴斯正驶向家乡的田野、云雀的喧嚣、蟋蟀的低吟、田野里烤土豆的香甜，驶向用桦树条做的、像编织的圆环一样缠绕在老家院子周围的银白色栅栏，还驶向他曾认为是凶神恶煞，而现在却又渴望见到的父亲。父亲嘴唇上有两抹浓密的、每天都要刷几次、要梳成几绺的灰白八字胡，这是浑然天成的家中至高无上权威的象征。母亲性格柔和，有着金色的头发。父亲最喜欢的孩子是十二岁的女儿路易莎和十五岁的侄女玛利亚，玛利亚的父亲是塔拉巴斯富有却早亡的叔父。玛利亚原来经常和塔拉巴斯吵架，嘴上不饶人，现在已经出落得袅袅婷婷。这一切距离塔拉巴斯都还很遥远，远得看不见，但他已经可以感觉到这一切就在大西洋深绿色浪花之后，在那海天一色的天际。

报纸上没有任何关于某个酒吧老板被打死的消息。塔拉巴斯把所有的报纸一股脑儿地扔进了大海。那个老板可能就没死，就挨那么几下根本算不了什么。在纽约，在世界的任何角落，这样的事时刻都有。塔拉巴斯看到报纸被海风和海水吞噬时心里想，美国也就这么一笔勾销了。过了一会儿，他又想起了卡塔琳娜。他对她不赖，卡塔琳娜取代了自己的家乡，而且就骗过他这唯一的一次。塔拉巴斯挺高兴(心情好就能唤起他的宽容)。要是她能看到我是怎样一个爷们儿，看到她在我身上都失去了些什么就好了，塔拉巴斯想到。她肯定会因我而伤心。要是她对我讲的是真话,也许她也会去探望生病的老爸。无论如何,她都应该因我而伤心！塔拉巴斯走进舱室,给卡塔琳娜写上几行字。战争在向他招手。卡塔琳娜需要耐心,而他期待她的忠贞。塔拉巴斯上船前给卡塔琳娜汇了五十卢布,这是他从俄国大使馆得到的一半路费。

写完信,塔拉巴斯便又像其他乘客一样,轻松地(多少也有点得意地)在船上闲荡,和陌生人打牌,有一搭没一搭地闲聊;还时不时火辣辣地盯着漂亮女人看,要是和其中的一个女人聊起来,他不会忘了告诉对方,自己是俄国预备役少尉,要上前线。塔拉巴斯有时觉得,在女人们的眼中也能看出钦佩甚至热切希望的目光。不过这也就够了。海上航行使他感到惬意,他胃口好,睡得香,喝了不少威士忌和白兰地。在海上喝威士忌和白兰地的感觉可比在陆地上好得多。

皮肤晒成了古铜色,身体强壮,对家乡充满了好奇,对战争充满了渴望。一天清晨,塔拉巴斯在里加港下了船。

五

塔拉巴斯应该去位于谢尔松的团部报到。船上有两个小伙子和他一同上了岸，上岸的还有士兵和军官。在船上的时候，塔拉巴斯并没有见过这两人，于是问他们是否也去报到。是的，这两个人回答道，还说他们隶属于圣彼得堡卫戍部队，但家是基辅的。他俩觉得要是先去团部报到，那谁知道还能不能请假回家看看，所以就决定先回家，然后再到团部报到。他们建议塔拉巴斯也如此行事。

这主意倒是让塔拉巴斯心头一亮。战争和死亡就是孪生兄弟，就如那两个人所说，谁知道报到后还能不能请假回家。塔拉巴斯家里的橱柜里还挂着军装，他爱自己的军装，就像爱自己的父亲、母亲、妹妹和家里的房子。凭借自己的关系网和金钱，老塔拉巴斯已经成功地获得了沙皇的恩惠，得以让儿子在那起招灾惹祸的案子刚被忘记几个月后便获得了少尉军衔。但在尼古劳斯·塔拉巴斯看来，这不过是理所当然的事。他认为自己之所以在第93步兵团当少尉，是为了表达对沙皇的善意。要是给他降级，那对俄军而言可是个莫大的损失。

塔拉巴斯登上了开往家乡的火车，没有告诉任何人自己的归期。他喜欢经历惊喜，也喜欢制造惊喜。他要像个解放者一样凯旋！离边境这么近，人们该多害怕啊！而他将带给他们安全与胜利！

心情大好的塔拉巴斯登上拥挤的火车，给了列车员一笔令人吃惊的小费，还说自己是个“特使”，在执行一项特殊的战争使命。他拉开包厢门闩，幸灾乐祸地看着那些本来毋庸置疑有权坐在包厢里的乘客，现在不得不站在过道里。现在是非常时刻，大家有义务识相点，让“沙皇特使”坐得舒服，这对他执行特殊任务不可或缺。塔拉巴斯时不时会到过道上走一走，傲慢地打量着那些不得不站着的可怜人，迫使那些坐在自己倒放的箱子上疲惫不堪的人站起来让路。他满意地发现，没人表示不满，大家都顺从于他湛蓝色的眼睛，甚至有的人还满意地看着他。塔拉巴斯用夸张的方式命令乘务员上茶，取这取那，好让所有人都能听见。有的时候，他猛地把门打开，抱怨过道里的乘客讲话声音太吵。这些人只要一看到塔拉巴斯，还真就立刻打住了话头。

塔拉巴斯对自己的聪明感到满意，对其他人的愚蠢感到好笑，他在火车上睡得安稳，没人打搅。第二天一早他下了车。离老家的房子还有不到两俄里。车站站长、门房、搬运工自然一眼就认出了塔拉巴斯，向他表示欢迎。塔拉巴斯带着官腔回答着这些人真诚友好的问题，说自己肩负最重要、最高级的使命被从美国召回。他一再重复着同样的话，也一直保持着友好的微笑和他那湛蓝的孩童眼神的光彩。要是有人问起家里是否已经知道他要回来，他就把一根手指轻轻放在唇上，叫对方别吱声。就这样，他既让人闭了嘴,又赢得了众人的尊重。塔拉巴斯两手空空地离开车站,就像他两手空空地离开美国一样。他踏上了通往塔拉巴斯家族祖宅的那条乡间小路。一路上,一个又一个公家人把手指放在嘴唇上,就像塔拉巴斯刚才那样。所有人都相信,这个他们从孩童时代就信任的塔拉巴斯肯定肩负着一项伟大的国家机密。

估摸着是大家吃午饭的时候,塔拉巴斯到了家。为了圆满地给出他所说的“惊喜”,他没走直通自家的大路——那条路两边长着细长柔软、已经很少见到的桦树,而是取道宽阔沼泽中的一条潮湿的羊肠小径,稀稀拉拉的柳树便是小径的明显标识,它半弧形地绕过房子,直达塔拉巴斯房间的窗下。房顶山墙下就是他的房间。茂密的葡萄叶已了无生气,硬铁丝缠着的结实而又弯弯曲曲的葡萄藤爬满了墙面,直蹿到房顶的灰色盖瓦上。用不着梯子,爬葡萄藤对塔拉巴斯来说是小菜一碟。窗户要是关着的,他也能一下子就捅开,悄无声息地打开窗户。塔拉巴斯从小就练就了这一手,这对他不算是个难事。他像儿时那样,把鞋脱了放在大衣口袋里,灵活地悄无声息地爬上墙,窗户正好也开着,于是他一下就站在了自己的房间里。他悄悄地走到门前推上门闩,钥匙还在柜子的锁眼里。他必须用肩膀顶着柜子,免得弄出声响来。柜门开了,熨烫过的军装笔挺整洁地挂着。

塔拉巴斯脱下便装,换上军装,用双手灵巧地解下纸壳包裹着的佩刀。皮带系上了,塔拉巴斯已是一身戎装。他踮着脚尖走下楼梯,敲了敲饭厅的门,走了进去。

父亲和母亲,还有妹妹和堂妹玛利亚都像往常一样坐在那里。大家正在吃荞麦粥。

塔拉巴斯深深吸了口那久违的荞麦粥的香味。这里烤洋葱的味道同时也唤醒了他对田野和庄稼发自内心的深沉回忆。这是他下船后第一次感到饥饿。桌子中间放了一个盛满的碗,隔着腾腾的热气,家人的面庞若隐若现。几秒钟后,塔拉巴斯才注意到大家吃惊地看着他,听到放下刀叉和移动椅子的声响。老塔拉巴斯第一个站起身来,张开双臂。尼古劳斯连忙迎向父亲,视线却无法从老爸脸上粘着两三粒自己馋了好久的荞麦粥粒上移开。这让做儿子的温情大打折扣。父子俩响亮地互吻之后,尼古劳斯问候了泪流满面站起身来的母亲,问候了离开座位绕过桌子跑来的妹妹和跟在妹妹身后慢慢腾腾走近的堂妹。尼古劳斯拥抱了大家。“我差点都认不出你了。”他对玛利亚说。透过厚实的军装,塔拉巴斯也能感到玛利亚那温暖的胸脯。此刻,他对玛利亚的激情强烈而又难耐,甚至把饥饿都忘在了脑后。玛利亚只是噘起冰凉的嘴唇在他脸上浅浅地一吻。老塔拉巴斯拉过一把椅子,让儿子坐在右手边。尼古劳斯坐了下来，立刻又惦记起荞麦粥来。正在这时他看到了玛利亚，于是为自己那副饿狼样子感到脸红起来。“你吃过饭了吗？”母亲问。

“没有！”尼古劳斯几乎是脱口喊了出来。

大家推给塔拉巴斯盘子和勺子。他一边吃，一边讲自己怎么回来的，怎么神不知鬼不觉地爬进屋子换上军装，而他的眼睛一直就没离开过堂妹。她现在是个强壮得都有点敦实的姑娘。两条棕色的大辫子，既端庄又俏皮地垂过肩头直到被桌面遮住，也许一直垂到她怀里。玛利亚有时候会把手从桌上拿下，摆弄着辫梢。她那年轻农妇的脸上一派冷漠，毫无表情。而乌黑纤细、像丝般平顺柔滑的睫毛向上翘起，帘子一样挑在半睁半闭的灰眼睛前，显得那么惹眼。在她胸前挂着一个结实的银制十字架。罪孽啊！塔拉巴斯心中说道，这个十字架刺激了他。十字架像个神圣的卫士一样守护着玛利亚诱人的酥胸。

穿着军装的塔拉巴斯看起来颇为帅气，蜂腰狼背。大家请他讲讲美国的事，都等在那里，可他却沉默以对。接着，大家说起了打仗的事。老塔拉巴斯说战争会持续三个星期。不会所有的士兵都阵亡，而阵亡的军官肯定就只有几个。这下母亲哭了起来，可老塔拉巴斯一点都没在意。母亲流泪好像是再自然不过的了。全家一边吃饭聊天，一边听老塔拉巴斯漫无边际地吹着敌人是多么软弱，俄国是多么强大。他此时此刻根本没想到死神的利爪已经张开，笼罩住了整个国家。尼古劳斯，他的儿子也难逃厄运。老塔拉巴斯既聋又哑，而母亲在一旁哭泣着。

用桦木条做的银色木栅栏圈着父亲的农庄，时下正是小工收苹果的时节。姑娘们爬上树杈，不但是为了采摘果实，也为了在小伙子们面前更好地展示自己。她们撩起火红的裙子，露出雪白结实的小腿肚和大腿。晚秋的大雁排成壮观的三角队形向南飞去，云雀依旧隐藏在蓝天中放声高歌。窗户敞开着，可以听到镰刀割草的嚓嚓声——这是在收地里最后一茬谷草。得赶紧收了，父亲说，因为不是明天、后天，就是下个礼拜，农民就要应征入伍了。

所有这一切对返乡的塔拉巴斯而言好像都很遥远。他感到奇怪的是，在遥远的石头城纽约，房子、院子、土地和父母似乎比在这儿离他更近，虽说他回家是为了拥抱他们，让他们贴近他的心。塔拉巴斯失望了，他本以为家人会把自己当成一个曾经失落的返乡游子，当成救世主或英雄来欢迎的。大家对他也太无所谓了。母亲是在流泪，但塔拉巴斯认为母亲天生就爱哭。他在纽约见过一个别样的母亲，一个更为柔情、更加绝望的母亲，一个他那爱虚荣的小孩心灵所需要的母亲。难道在离家这么长的时间里，大家已经习惯了这座姓塔拉巴斯的房子里没有这么一个独生儿子吗？他想带给大家一个惊喜，还像儿时那样一下子就从窗户爬了进来。他穿上军服走进了屋子，可是瞧他们这样子，就好像他从没去过美国似的，在他们看来，就连他突然回到这里也是那么理所当然。

塔拉巴斯觉得委屈，默默地吃着，胃口很好。他一声不吭地一勺接一勺往嘴里送，好像不是他在吃，而是别人在喂他。现在他吃饱了。他看了堂妹玛利亚一眼说："明天一早我得出发，最晚后天要到团部报道。"大家会求他多住一段吗？才不会呢！"好的，好的！"父亲说。母亲的啜泣声大了起来。妹妹一动没动。玛利亚垂下了眼帘，胸前的大十字架在闪闪发光。最后大家起身离开了餐桌。

午后，塔拉巴斯出去串门，看望了牧师和庄园的邻居。他叫人备马，穿着军服显得神采奕奕，军服上蓝色和银色的装饰交相辉映。他不太熟练地驾着马走过秋日绿油油和金灿灿的大地，嘴里还嘚嘚作声。无论停在哪里，他都优雅轻松地一欠身，把缰绳一勒，马儿就会像纪念碑上的青铜宝马一样站住。这一直就是塔拉巴斯家的派头。所有的小户农民都向他致意，所有的窗户都对他敞开，他的身后扬起一阵大团的、透过阳光的尘雾。骑马出行使他感到满意，一路上大家向他致敬，他感到高兴。尽管如此，他觉得还是看到了人们脸上莫名的巨大恐惧。战争还没开始，但它带来的恐惧已经笼罩着所有人。他们想对塔拉巴斯说点吉利话，却不知说些什么，他们也没有对塔拉巴斯说出所有的心里话。塔拉巴斯在自己的家乡成了陌生人。战争的阴影却在这里扎下了根。

夜幕降临。塔拉巴斯犹豫着是否往家走，他放松缰绳，马儿心不在焉地走着。来到直通自家的桦树大路起点时，他从马上跳下。马儿识路，它径直走到房子左手边的马厩前停下，机灵地嘶鸣，好让大家知道自己回来了。看院狗叫了起来，因为家里的小工没有立刻出来。只有马儿们认出了塔拉巴斯，这让他内心充满柔情。他抚摸着温热、散发着铁锈色光泽的马腹，把自己的额头贴在每匹马的额头上，呼吸着它们鼻孔喷出的热气，感受到马儿皮肤上令人惬意的清凉。在马儿亮晶晶的大眼睛里，塔拉巴斯认为自己看见了世界上所有的爱。接着他像早上一样，又一次踏上了柳树之间的小道。两边青蛙聒噪着，看样子要下雨了，尽管碧空如洗，秋天的落日金光灿灿。塔拉巴斯感到目眩，不得不低头看路，免得错过了小道。他没看到对面有人走来，可突然间却看到自己脚前出现了影子，也一下子就猜出了是谁。他站在了原地。玛利亚迎面走来，那就是说，她想他了。她穿着高筒靴，小心翼翼袅袅婷婷地走在乡间的小路上。塔拉巴斯突然有种把那系得繁杂的靴带剪断的冲动,心头充满了怒火和情欲。这里没法让道。他让玛利亚过来,用一只手揽着她——就这样,两人彼此小心用力地搀扶着,以防掉进两边的沼泽(当然也是出于思乡之情),他俩的脚有时会在狭窄的小路上碰到一起。他们又回到树林里。晚秋的鸟儿在鸣叫。他俩一言不发,突然相拥在一起。两人同时面向对方,互相缠绕着,踉踉跄跄倒在了地上。

当两人重新站起来时,已经可以从树冠的间隙看见星辰。他俩都冻僵了,相拥着重新回到了通向家里的主路上。他们在门口停了下来,久久地吻着,好像就此永别似的。"你先进去。"塔拉巴斯说道。这是他俩相处时他说的唯一一句话。

塔拉巴斯慢慢地跟了进去。

全家在一起吃晚饭。父亲问儿子什么时候得上路。尼古劳斯回答说,为了不错过车,得凌晨四点就出发。老塔拉巴斯说,他提早安排对了。摆上桌子的是老父亲下午特地叫人做的一顿饭:冒着热气的牛奶大麦粥、土豆红烧肉、伏特加和勃艮第白葡萄酒,最后上的是白色的羊奶酪。大家聊天的声音越来越大。老塔拉巴斯发问,儿子讲述美国的事。他编造了一个工厂,说自己在那里开始了工作。那个工厂是制造胶片的,是一家正宗美国工厂。有一天,当他像往常一样在早上五点去上班时，听到报童在叫卖打仗了的新闻报刊，便直接去了俄国大使馆。而此前的晚上，他还和一个龌龊的酒吧老板干了一仗。这家伙欺负一个无辜女孩，可能是他的女招待，骂她，甚至要打她。纽约有这种货色。当塔拉巴斯讲这个故事的时候，就连一直漠不关心的妹妹也竖起耳朵倾听着。而母亲在一边不停地说："上帝保佑！孩子。"塔拉巴斯坚信自己讲的字字属实。

最后，大家起身郑重其事地站着告别。老塔拉巴斯说儿子四个星期后就会回来。所有的人都吻别了尼古劳斯。他明天早上不想看见任何人。玛利亚敷衍地吻了他一下。妈妈站着把他揽在怀里抱着摇晃了一会儿。也许她又回忆起了把尼古劳斯抱在怀里轻晃的时光。

庄园里所有的帮工都来了，每个人，无论是小伙子还是姑娘，都和尼古劳斯吻别。

塔拉巴斯回到了自己的房子，穿着粘着烂泥的靴子直接躺在了床上。他睡了一个小时便醒了过来，因为听到一个莫名的声音。他看门开着，于是走上前去关门。一股风吹开了门，他发现对面的窗户也开着。

塔拉巴斯再也无法重新入睡，觉得那扇门不像是被风吹开的。会不会是玛利亚还想会他一次？为什么他在家的最后一晚，玛利亚不愿意整晚都和他睡在一起呢？他知道玛利亚的房间。她穿着衬衣躺在床上,床头挂着十字架。(这有点吓着他了。)

塔拉巴斯打开房门,双手撑着楼梯栏杆往下溜,免得沉重的靴子踩到楼梯。他打开玛利亚的房门,反手插上门闩。他一动不动地站了一会儿。床就在那儿,他知道,小时候他就和妹妹还有玛利亚扯下床单一起玩过送葬游戏,他们仨一个接一个地躺在上边当死人。明亮的夜空透过长方形的窗户照进屋内。塔拉巴斯走近床边。地板嘎吱吱响,玛利亚一下子坐了起来,还没全醒,被吓得不轻。她张开双臂,抱住了身穿军装脚蹬皮靴的塔拉巴斯,幸福地享受着他硬硬的胡子茬儿蹭着自己的脸,迫不及待地把两只笨拙的手伸向他的身体。

塔拉巴斯满足地、粗暴地从玛利亚身上爬起来,弄出了不少响动。他温柔地、略显急促地把玛利亚搂他的手重新放在了床上。“你是我的!”塔拉巴斯说,“等我回来,咱们就结婚。你要对得起我,别朝其他男人看。再见!”——他离开屋子上楼去取自己的东西,没注意走上楼梯时弄出的动静。

老塔拉巴斯端坐在上边的小房子里。居然监视我,儿子心里冒出个念头来。有人监视我。对父亲的怒火在小塔拉巴斯心中重新燃起,就是这老家伙残忍地把自己送到了残酷的纽约。父亲站起来时睡袍张了开来，露出农民穿的衬衫和直筒内裤，粗口袋布做的内裤上系着的长裤带耷拉在粗壮的脚脖子上。他的双手按住塔拉巴斯的肩章说："我降了你的级！"天！这声音好熟悉，并不显得比平时响，只不过他的喉结上下动得比平时更厉害——他眼里流露出的是冰冷的愤怒，这是冷冰冰的怒火。现在要出事了，塔拉巴斯心里念叨。他慌了，担心肩章被扯下，喊道："放手！"刚说完，父亲的巴掌便呼啸着朝尼古劳斯的脸上扇了过来。他闪开了，父亲撩开的睡袍又合了起来。

"你要是囫囵个儿地回来，就结婚！"老塔拉巴斯说，"现在，滚！立马滚蛋！滚！"

塔拉巴斯抓起了军刀和大衣，走到门口。他打开门，犹豫了一下，转身朝地上啐了一口，然后狠狠地摔门大步而去。马匹、小工和车子都已经预备好了，随时准备送他去火车站。

六

战争成了塔拉巴斯的家园，成了他巨大血腥的家园。他穿梭于战场之间，来到和平之地，将村庄化为火海，留下大大小小城市的废墟，哀号的女人，失去双亲的儿童和被殴、被吊、被害的男人。他转身杀过回马枪，也经历过败退路上的风声鹤唳，在最后一刻对臆想中的叛徒进行过报复，摧毁过桥梁、公路、铁路。他执行命令也下达命令，而且都带着同样的热情。他是团里最勇敢的军官，能谨慎狡猾地带领侦察兵如夜间猎食动物般地扑向自己的猎物。他有大智若愚般的冷静，对生命毫不在意。他用皮鞭和手枪驱赶胆怯的农民子弟冲锋陷阵，给勇敢者作表率：因为他总是冲锋在前。没人有他这样的本领，能用树木和蒿草做伪装，隐没在黑夜和晨雾中，悄悄爬近铁丝网，给敌人以致命的一击。他不用看地图，地形的秘密早就了然于胸。任何隐秘甚至远方的声响都躲不过他灵敏的耳朵。他机警的眼睛能够敏锐察觉任何可疑的动静。他那坚实的手掌一出手，一开枪，便能百发百中，从不失手。他两只手抓住什么，什么就跑不掉。他毫不留情地扇人耳光，抡起拳头用骨节狠狠地擂人后背，但他也会张开双臂铁汉柔情般地纾解同僚的压力。塔拉巴斯只爱和自己一样的人。他被奖赏，被提拔为上尉。在他的连队里，别说贪生怕死，就连有点畏首畏尾的人，都是塔拉巴斯的敌人，都是整个军队要消灭的死敌。谁要像塔拉巴斯自己那样不贪生、不怕死，谁就是塔拉巴斯的知己至交。饥渴伤痛、困苦疲惫、不眠不休跋涉的日日夜夜，将他练就成铁石心肠,他甚至还乐此不疲。塔拉巴斯完全没有什么战略天赋,也无法理解军事术语中的“更大的行动”,但他是个非同一般的战地指挥官,是个追逐小猎物的高手。是的,他是个猎手,尼古劳斯·塔拉巴斯是个野蛮的猎手。

塔拉巴斯学会了酩酊大醉和逢场作戏。他把家里的房子、院子、父亲、母亲和堂妹玛利亚抛在了脑后。当有一天他想起了所有这一切时,给大家捎消息已经为时太晚;因为家乡已经成为敌占区。塔拉巴斯对此倒并不介怀,因为现在战争成了他巨大血腥的家园。纽约和卡塔琳娜也成了过眼云烟。尽管如此,塔拉巴斯也会有片刻(但也仅为几秒钟之久)清醒的瞬间——也许是在危险和战斗之间,也许在迷醉与清醒之间,也许在暂时的恍惚和杀戮之间。可即便只是那么一瞬,他也能意识到,自从吉卜赛女郎在纽约游乐场里给他占卜并预言了未来,他就变了,变成一个被改变了的人,一个被施了魔法的人,一个被一场梦攥住的人。天,这已经不是他的人生了!有时候他觉得自己已经死去,现在的人生已然是彼岸的人生。可是这个念头转瞬即逝。塔拉巴斯重新又陷入血雨腥风之中,他对毁灭乐在其中,他使周围血流成河,尸体恶臭,灰烬弥漫。

他就是这么从一个地方向另一个地方开拔,受命将一处又一处化为灰烬,杀得鸡犬不留,而自己却毫发无损。有一种更高的强力在保护着他，为了他那与众不同的人生在照看着他。士兵热爱他也害怕他，对他的一个眼神，哪怕是稍微招招手，也是俯首帖耳。他们当中要是有人对塔拉巴斯稍不顺从，那几乎没人会容下这个叛逆。所有的人都爱塔拉巴斯，所有的人也都害怕塔拉巴斯。

塔拉巴斯也爱他的手下，用自己的方式去爱，因为他是他们的主宰。塔拉巴斯目睹其中许多人死去，这让他感到欣慰。他喜欢别人在自己周围死去。在战场上，他是团里唯一习惯从一个战壕走到另一个战壕，并清点手下士兵姓名的军官。如果听到有战友回答“阵亡”，那他会在自己的记事本上画个十字。在这一刻，他有时会兴致盎然地想象着自己也已阵亡，所听到的都已发生在彼岸。那些阵亡者似乎都轮回到了第三次生命，就好比自己当下处于第二个人生之中。

塔拉巴斯没受过伤，也没生过病。他从没申请过休假，还是全团唯一一个没有收到过包裹，也不等待包裹的人。关于家，他从来未置一词。这让大家对他的看法深信不疑，这家伙是个不一般的怪人。

他就是这么度过了战争。

大革命爆发时，塔拉巴斯正恶狠狠地用手势、拳头、眼神、手枪和棍子来维系着自己的连队。理解政局不关他的事。他也不关心沙皇是否退位。在自己的部队里,他就是沙皇。当上司、参谋部和军队指挥开始下达含糊不清、前后矛盾的命令时,他反而乐在其中,无须顾及这些命令了。不久之后,他的权力甚至比上校还大,因为他是团里唯一没有被革命搞得晕头转向的军官,也是唯一没有被革命所感召的军官。他对军团发布着指令。他根据自己的判断四处转战,冲入无关紧要的村庄和城镇,就像战争刚爆发的头几个星期时那么精神焕发,兴高采烈。

有一天,一个星期天,团里来了个塔拉巴斯从没见过的士兵。自参军以来,他还是第一次被一个普通的大头兵吓了一跳。当时部队驻扎在加利西亚一个被打剩下一半的小村子里,塔拉巴斯上尉住在保存得相对完好的几间房中的一处,晚上睡了农民家一个十四岁的闺女。第二天一早起来,他让勤务兵上了杯掺着烧酒的咖啡。那是个星期天,大概上午九点。塔拉巴斯脚蹬刚擦过的皮靴,穿着清理干净、用皮带绷紧的宽大马裤,手里拿着一杆小马鞭,胡子剃得干干净净,显得志得意满。像塔拉巴斯这样一个男人,刚刚度过美好的一晚,迎来了一个秋天的早晨。上尉离开了小房子,那个女孩儿穿着衬衫蹲在门前。塔拉巴斯用马鞭轻轻地敲了敲女孩的肩头,那姑娘站了起来。他问那女孩叫什么。女孩回答道:“昨晚我上床时,长官就问过我的名字。”

她那深深嵌入脸颊的绿色小眼睛闪烁着调皮愠怒的火苗。塔拉巴斯看着她衬衣下边年轻的胸脯，脖子上一条细细的项链，这让他想起了玛利亚戴着的十字架，于是用马鞭拨弄着她的头发说道："从现在起你就叫玛利亚，只要我还待在这里，你就叫玛利亚！""遵命！大人！"那个姑娘回答道。塔拉巴斯吹着口哨走开了。

今天，塔拉巴斯的心情的确不错。他试图用马鞭分开秋日洒下的一缕缕阳光，可办不到。这种手摸不到、眼看不见的光影反过来倒是缠绕着他的马鞭，围着它撒欢儿。这也让塔拉巴斯感到高兴。接着，他用口袋里散装的烟草慢慢地、不慌不忙地卷了根烟，信步走到手下的营地。这时，有个下士上前报告。今天是礼拜天。士兵们百无聊赖地横躺竖斜在草地上和收割后布满谷茬的地里。"躺着别动！"塔拉巴斯走到跟前时喊道。尽管如此，还是有个人站了起来，从路边第一个站了起来。虽说这个士兵按照条令规定甚至可以说是毕恭毕敬地向他敬礼，像木桩一样笔挺地立正，但上尉在内心还是觉得这家伙从头到脚让人觉得有那么股不服的倔劲儿，一种放肆，一种难以捉摸的优越感。不，这不是塔拉巴斯带出来的兵！他在连队里是个陌生人！

塔拉巴斯踏近了一步，但又立马后退一步。这时，村里一座东正教小教堂的钟声响起。第一波农妇已经出现在通往教堂的路上。今天是礼拜天。塔拉巴斯在胸前画了十字，眼睛却盯着那个陌生的士兵，就好像自己是出于对这个士兵的恐惧才画十字的。这下看清楚了：这个新兵是个红头发的犹太人。红头发的犹太人，红头发的，还是个犹太人——今天是个礼拜天！

自从塔拉巴斯参军以来，古老的迷信还是头一次在他的心中被重新唤醒。他立刻意识到，自己的命运从此时此刻起彻底被改变了。"你是怎么来的？"塔拉巴斯问道。士兵从口袋里拿出一张纸，上边写着他是第52步兵团的。这个团已经被消耗殆尽，有的人当了逃兵，有的投诚到了布尔什维克那边。"好吧！"塔拉巴斯上尉说，"你是个犹太人？""是的。"士兵回答说，"我父母都是犹太人！但我不信上帝！"

尼古劳斯·塔拉巴斯又退了一步。他用马鞭敲了敲皮靴。这个红头发家伙的眼睛是墨绿色的，眼睛上不是眉毛，而是一撮闪亮的毛。"就是说，你是个不信上帝的！"上尉说道，"好吧，好吧！"

他接着往前走，那个士兵又回到路沿儿上躺下。塔拉巴斯又一次转身。他看到陌生人的红头发在山坡上稀疏的绿色中很是显眼，像是灰头土脸的街道上的一簇火焰。

七

从这一天起，塔拉巴斯上尉的世界变了。手下不像原先那么听话，看起来既不那么爱他，也不那么怕他了。惩罚其中的一个，会感到来自人群中那种无可名状却隐隐约约的怨恨。这些士兵不再直直地望着他的眼睛。有一天，他手下的两个士官消失了，这是最好的两个军士，从第一天起就和他一起战斗。一星期后，还有几个也步其后尘，当了逃兵。可那个红头发不信上帝的却没跑，塔拉巴斯打心眼儿里希望这家伙能当逃兵滚蛋。此外，他也是一个挑不出毛病的士兵，守时，听话。可塔拉巴斯上尉很少给这个兵发布命令，其他人也感觉到了这一点。是的，大家都知道。塔拉巴斯有时候观察到，这个红头发的家伙在和士兵们说话。大伙儿都听他说话，围在他身边，认真地听。塔拉巴斯把其中的一个士兵叫了过来："他在讲什么？那个红头发？""讲故事！"有个士兵说。"什么故事？""好笑的女人的故事！"塔拉巴斯知道底下的人在骗他，但因为被手下骗而感到羞耻，所以也就不接着问了。

一天早上，塔拉巴斯在勤务兵那里发现了一本布尔什维克的小册子。他还从没见过这东西,用火柴点着,结果火烧到一半就灭了。塔拉巴斯把烧剩下的扔掉。从此以后,他便小心留意这个勤务兵。“施特凡,”他说,“你没什么要和我说的吗?你的口琴哪里去了?施特凡,你不给我吹一段儿?”“长官,我把口琴给丢了!”施特凡谦卑而又难过地说道。

一天晚上,连施特凡也失踪了,没人知道他去了哪里。

塔拉巴斯上尉让所有的人集合,念了一遍连队士兵的名字,发现一半多的人都当了逃兵。他让剩下的人操练了一个小时。那个红头发操练时表现得勇敢、刻苦,像模像样,真是个好士兵。

几天后,正当塔拉巴斯、上校和团里剩下的军官们商量如何阻止士兵开小差时,那个红头发出现了。他腰上挂着两颗手雷,拎着一支手枪,还带着两个军士。“公民们,”这位不信上帝的红头发说道,“革命胜利了。你们交出武器,可以随便走了。而您,公民塔拉巴斯,可以回家了。你们那里的人有了一个新的国家。”

塔拉巴斯一言不发。人们只听得见上校的大怀表发出的嘀嗒声。怀表放在桌子上,盖子开着,像缝纫机一样嘀嘀嗒嗒把时间推向前。

八

红头发和他的人离开房间后，上校站了起来。他愣了一会儿，好像在盘算着什么计划，好像在整个部队、整个军团，包括他自己都完蛋了的时刻，还能找到一根救命稻草似的。塔拉巴斯疑问的目光从座位投向上校，上校转过身来，一脚踹开了椅子。结实的皮质靠背沉重地撞在地板上。上校走到窗边，宽阔的肩头几乎挡住了整个窗框。塔拉巴斯一动不动。突然，上校放声大哭，哭声就像一阵短促的、突如其来的、快要窒息的呼喊。喊声听起来陌生，不像从上校的喉咙，倒像直接从他的心脏发出来的；对，就好像他的心脏有一个自己的、非同一般的喉咙，能够把他那非同一般的痛苦向全世界宣泄出来一样。他那宽阔有力的肩头起伏了一秒钟之久。接着，这位老人又转过身来，回到办公桌边。他看了看那个敞着盖的大怀表，看着它无情而有规律地嘀嘀嗒嗒走着，好像平生第一次看到细小的秒针能如此灵活地一格一格往前走。塔拉巴斯也盯着怀表看，心如止水。他的脑袋是空的，心是冷的。他觉得听到自己的心跳与桌子上怀表嘀嗒的节奏相同。屋子里再也没有其他什么声音了。

塔拉巴斯觉得红头发走后又过去了无比漫长的时间。

最后上校开口说道："塔拉巴斯，这块表你拿着当个纪念吧！"

上校抽出了小刀，撬开了怀表背面的盖子。他指给塔拉巴斯看上面刻着的铭文并念道："送给我的儿子奥西普·伊万诺维奇·库德拉。"

"我离开军校时得到的这块表。我父亲很为我感到骄傲。我自己也很骄傲。我出身普通家庭，父亲的父亲是察里津的农奴。我一辈子都不是个什么特别的军人，塔拉巴斯上尉！我觉得自己懒惰、马虎。我们这儿有很多我这样的军官。你要是能收下这块表，我会感到非常荣幸。塔拉巴斯老弟。"

"我收下。"塔拉巴斯一边说一边站了起来。上校把怀表两面打开的盖子重新合上，越过桌子交给塔拉巴斯。他又站了一会儿，花白的头低垂着，然后说："对不起，我要去处理我的事了！"——他慢慢绕过桌子，走过塔拉巴斯身边出了门。

紧接着就听到一声枪响。他自杀了！塔拉巴斯一下就想到了。他打开门，看到上校四仰八叉地倒在门槛边。他肯定是先躺下来，才向自己开的枪。他的外衣敞开着。血透过衬衣渗了出来。死者的手还有余温，手指还扣在手枪的扳机上。

塔拉巴斯把武器从上校的手上解下来,把死者的手交叉放在胸前。

几个士兵站在尸体和跪在一边的塔拉巴斯周围。他们脱下帽子,不知道自己在这里还能干什么,但还是站着不动。

塔拉巴斯站了起来,“我们要立刻给他下葬,就在这里,在这房子前,”塔拉巴斯命令道,“挖一个坟！全体集合！带上武器！把孔泽夫叫来!”

孔泽夫中士来到跟前。“我们只有二十六个人了。”他说道。

“全体集合!”塔拉巴斯命令。

两个小时后,大家埋葬了上校,就在离房子前边十步远的地方。这二十六个人,全团仅存的二十六个忠诚的士兵,在塔拉巴斯的指挥下向空中鸣枪三响。

之后,这些可怜的人排成两排掉头走了。

塔拉巴斯走在最前头,就像带领着齐装满员的整个团。他根本不承认自己的世界已经崩塌,也不承认战争已经结束。

塔拉巴斯带着二十六个兵——其中几个是他的老乡,踏上了返乡之路。他们踏上的是新国家的新家乡。在这里,人们匆匆忙忙任命了一批新部长、新省长、新将军，还临时急急忙忙拼凑了一支小部队。国家到处一片混乱，不但掌权者和老百姓之间冲突不断，就连掌权者之间也是乱七八糟。塔拉巴斯却满心充斥着对冒险的无尽渴望，他由衷地痛恨那许多机构和官员，痛恨那些办事处和公文。他继续我行我素。他就是个兵，除此之外什么都不是。他把自己二十六个忠诚的手下带了过来。和自己一样，战争是这些人唯一的家乡。塔拉巴斯觉得自己欠这些人一个家乡，于是要用这二十六个人重新组建一个团。这可是个不小的任务！他可不会像那位老实的上校那样结束自己的性命。将古老的国家四分五裂为一个个小小的新国家，这样的世界历史与塔拉巴斯毫不相干。只要他塔拉巴斯还活着，他才不承认所谓的历史必经之路。他必须给他的二十六个人一个交代。新国家的战事部长对他来说算得了什么？还不如他自己连队里的一个二等兵！

塔拉巴斯找到了战事部长，全副武装地站在对方面前，后边跟着自己二十六个忠诚的部下。那些胆敢凑上前来询问他们意欲何为的杂役、文秘和文书，早被塔拉巴斯大声的喝令吓得忐忑不安。他在前厅就已经显得比战事部长本人还更有气势。说了几句话后，他倒是认出了部长原来是个本家表兄弟。

作为对自己在战争中优异表现理所当然的奖赏,塔拉巴斯要求他们任命他为新组建的几个团的一名团长。这个上尉暴力霸道的举止、他的手枪和马鞭,也包括他的随员给战事部长留下了深刻的印象。不到几个小时,他的愿望就实现了。

塔拉巴斯上尉从旧军队的废墟上华丽转身,成为新的上校。他受命在驻防地科罗普塔组建一支新团。

九

当塔拉巴斯带着忠诚的部下来到小城科罗普塔时,这里一片混乱。到处都是穿着各种军装从前线各处溃败下来的散兵游勇和从内地逃出来的人,他们在城里游来荡去。还有从突然解散的战俘营里跑出来的战俘,无家可归的人以及喝得酩酊大醉的家伙。有的人还想在当下的混乱中浑水摸鱼,撞撞大运。这些人在小巷子里游来荡去,驻足在远处荒凉的市场边,懒洋洋地坐在无头苍蝇般开来开去的农民手推车或军车上,蹲在法院大楼光亮的台阶上,甚至待在山丘墓地的坟头边。山头上耸立着一座黄灿灿的小教堂。这是个晴朗美好的秋日。在湛蓝色天空的映照下,坍塌的房子，歪斜的房顶，马路两边用木头隔开的人行道，马路中间晒干的发着银光的烂泥，配上褴褛的军装，看上去就像一幅不断流动着的壮观画面，一幅正在生成的画作。画面上的各个部分和人物好像还在寻找适合自己的位置。在各色制服的士兵中间，可以看到身形灵活但却胆小怕事的犹太人，他们穿着深色的长袍；还可以看见裹着明黄色羊皮大氅的农民。女人们戴着彩色图案的头巾，蹲在小房子敞开门的低矮门槛上，漫无目的、口水四溅地聊着张家长李家短。孩子们在大马路的中间玩耍。鹅和鸭子穿过银灰色的烂泥，朝那些还没被阳光晒干的发黑的小水塘蹚过去。

在这一派祥和中，小城科罗普塔可怜的小老百姓惶恐迷茫。他们估计会发生可怕的事情，会发生也许比到目前为止战争给他们带来的所有一切还要可怕的事情。肆虐的战火给科罗普塔贫瘠的街道留下了满目疮痍，给山头小教堂四周低矮古老的围墙留下了无数乱射的弹痕。战争在石头上刻下了杀人魔爪的印记，扼杀了许多科罗普塔小城的子民。很久以来，科罗普塔的百姓便习惯了过和平的生活，他们付出的是勉强得以糊口的白天和平静的夜晚，他们随遇而安，忍受着命运的安排。可突然，战争从天而降。起初，百姓被战争的狰狞面目吓呆了，后来他们忍受了，不久，他们逃走了，又跑回来了，决定还是待在这里，与战争的烈焰同呼吸。百姓是无辜的，对历史规则的残暴一无所知，他们逆来顺受，屈服于上帝的鞭笞，一如他们长久地、数不清有多少年承受着沙皇的法律一样。他们无法相信，沙皇已经不坐在圣彼得堡的黄金宝座上了。他们更无法相信比那还要可怕的消息，说沙皇已经被枪毙了，就像毙掉一只不中用的老狗一样。现在有人告诉他们，这里不再是俄国的一部分，而是一个独立的国家。那些老师、律师、读书人说，从现在起他们是个被解放的自由民族了。这话什么意思？当下的骚乱到底有多危险？

塔拉巴斯上尉对历史的规则和小城科罗普塔的居民一概漠不关心。民族解放使他可以继续士兵生活。政治和他有什么相干？那是老师、律师和读书人的事！上尉塔拉巴斯现在成了上校。他得到的任务是组建并指挥一个正规的团。除了尼古劳斯·塔拉巴斯，没有哪个人就靠这么几个人可以组建一个完整的新团。他打定了主意。在科罗普塔那个临时木板房充当的小火车站有个上了年纪的俄军少校，指挥着一个下士和一些车站保安，塔拉巴斯让自己的人排成两列，指挥他们做些军事训练，命令他们单膝跪地，子弹上膛，对空射击。所有这一切，都是当着几个吃惊的百姓和穿制服的人，当着车站保安和给他们发布命令的老少校的面做的。接着，塔拉巴斯讲了话。显然，他对有这么多听见莫名其妙的枪声赶来看这场奇特操练的看客感到满意。“你们大家，”塔拉巴斯这样说道，“随我参加了许多战役，在对敌人和革命的战争中与我出生入死。你们现在不愿意放下武器，和平地回归故里。你们和我一样，只愿意当兵，直到死去！在你们的帮助下，我要组建一个新团，这是为了我们的新祖国，是我们祖国赋予我们的使命。解散！”——这一小队士兵枪上肩。他们所有的人看上去都很可怕，比小城里和车站上危险吓人和衣衫褴褛的人可怕得多，因为这些军人同他们的长官和主人一样装备精良，他们的武器叮当作响，脚蹬带马刺的马靴，一副狰狞可怕的面目。他们的枪管因经常用枪油擦拭，锃光瓦亮。粗大的皮质武装带穿过宽阔的肩头交叉在胸前，在长大衣上打了个漂亮的结。就像他们的长官和主人塔拉巴斯一样，所有人都面色不错，一脸好斗的神情，小胡子打理得干干净净，显得孔武有力。所有人的目光都刚毅冷静，这是规矩且警惕的目光。尽管塔拉巴斯绝对无须手下鼓励的眼神来坚定自己的果敢，但只要看到他们，就能感到自身力量得到了认可。他们中的每一个都是和自己一个模子里刻出来的，忠诚可靠。所有的人在一起是二十六个塔拉巴斯，是二十六个一模一样的伟大的尼古劳斯·塔拉巴斯。没有他，这些人什么都不是。他们是自己的二十六个影子。

塔拉巴斯让部下暂时等在外边,自己步伐铿锵地走进了车站调度室。这里一个人都没有。少校和他的下士还站在外边车站月台上,看着塔拉巴斯与众不同的指挥和他手下非同一般的纪律。塔拉巴斯上校用马鞭敲打着桌子。在慢慢安静下来的车站,大家肯定听到了敲打的声音。少校一会儿就出现了。"我是塔拉巴斯上校,"尼古劳斯说道,"我的任务是,在这座城市里组建一个新团。从现在起,这座城市受我指挥。我希望你告诉我,我和我的二十六个人从哪里能获得给养。"

老少校站在进来的门边一动不动。他很久以来都没听过这样说话的了。这是他自从孩童时代起就熟悉的,在革命爆发后就不曾听到过的士兵的音乐,这是很久以来以为已经消失了的旋律。这位头发灰白的少校叫吉斯莱卡,是个乌克兰人。在塔拉巴斯说话时,他感觉全身紧绷,骨头都收紧了,这把老骨头啊!他肌肉僵硬地用军事术语回答道:"遵命!上校!吉斯莱卡补给物资在距此地半公里的棚屋里。食品不多,我不知道……""我一步也不走了。"塔拉巴斯说,"食品必须被送到这里来。火车站周围的这些家伙是干什么的?叫他们给我们把给养取来。我让人把住出口。"塔拉巴斯旋即对部下喊道:"这里任何人都不许离开火车站。"所有人都大吃一惊。他们完全是因为好奇和无聊才待在这些新来的怪里怪气的人周围想看个究竟的。结果他们倒被逮捕了。长久以来，他们已经习惯了忍饥挨饿，缺吃少穿，什么都缺，但是自由他们还真的没缺过。结果现在他们的自由也一下子就没了。他们被俘虏了。没人敢四下乱看。其中一个人，一个低矮瘦小的犹太人，试图跑到出口——也许是因为害怕而草率行动，也许以为上帝会对他网开一面。与此同时，塔拉巴斯抬手一枪打中了那个逃跑的人——这个可怜的家伙惨叫了一声，摔倒了。这一枪打中左腿，正中塔拉巴斯瞄准的地方。犹太人瘦骨嶙峋、翘着一撮颤动的山羊胡的小脑袋重重地摔在给车头做停靠标记的一堆鹅卵石边，破靴子的底已穿了洞，变了形的鞋尖直指月台的玻璃顶。塔拉巴斯亲自走到这个被打伤的人跟前，双手拎起轻飘飘的犹太人，像拖着一根细桦木棍似的，把他拖进了车站调度室。所有人都一言不发。自从一声枪响，一切都安静下来。好像周围的人都被打中，惊呆了站在那里一样。塔拉巴斯把被他打昏过去的牺牲品——那轻飘飘的躯体放在少校铺满纸的桌子上，撕开暗灰色闪亮的方格旧裤子，从裤子口袋里拿出一条手绢，看了看伤口，对吓得不轻的老少校说道："擦伤。"然后喊道："包扎！"一个曾做过理发师、现在是卫生员的部下走了进来，小心熟练地开始给受伤的犹太人处理伤口。

站台上有大概四十个看呆了的围观者。塔拉巴斯命令他们列队，让两个手下负责指挥。这些人要把食物取来。其他人留在阳光普照下的巨大站台上等着。塔拉巴斯站在站台边，看着泛着蓝光的细长铁轨伸向远方。这时，受伤的犹太人在少校的房子里转醒过来，可以听到他痛苦微弱的哭声透过开着的门传出来。此时的蓝天上，麻雀正在叽叽喳喳。

不一会儿，取东西的人带着食物回来了。可以听到锡制餐具碰撞的声音和队伍整齐的步伐。他们到了。大家开始分发食物。塔拉巴斯先得到一碗。灰乎乎的汤汁里凸现出一块深棕色的肉，就像大海里矗立着的一块礁石。

塔拉巴斯从靴子里抽出把勺子，手下也保持行动一致。那四十个取来食物的人不知所措地站在跟前。他们的大眼睛里分明是饥饿，嘴里的口水已经泛滥。勺子迅速碰撞锡制餐具的声音让这些人实在无法忍受，几个人甚至试图用手指堵住耳朵。

塔拉巴斯首先放下了勺子，把吃剩下的食物连同勺子一起递给了站在自己身边的人。不用塔拉巴斯说一个字，他所有的手下也都做了同样的事情。每个人都猛地放下了碗，把碗递给离自己最近的人。所有这一切都在没说一句话的情况下执行了。站台玻璃房顶之下，除了餐具的碰撞声、嘴唇的咂巴声、牙齿的咀嚼声和麻雀的叽叽喳喳之外，什么都听不到。

所有人吃完后，塔拉巴斯命令大家向城里开拔。那些偶然和突然被俘的人似乎一下子觉得这种被改变了的处境对他们来说可能更好些。他们被塔拉巴斯的人安排走在队伍中间，周围是武装士兵组成的一道人墙，他们满足地、无所谓地行进着，有的人还挺高兴能在塔拉巴斯的指挥下挺进小城科罗普塔。

他们的队伍行进着，走过道路中间半干的银灰色烂泥。队伍的前面是叫着、跑着的鹅、鸭子和孩子。这一小队人马散发着一种奇特的恐怖。居民不知道是否又爆发了什么新式的战争。因为他们觉得，塔拉巴斯上校的队伍向城里开拔就是一种新式的战争。队伍还没进城，可怕的谣言便迅速地先他而来，有的说他是新国家的新国王，有的说他是沙皇的亲儿子，到这里来就是为他老爸报仇的。小城科罗普塔里有几百个犹太人，因为事发当日是个星期五，安息日正迈着神圣的步伐走近小城，于是这些犹太人便急急忙忙把自己的店铺门关上。他们坚信，安息日既然能让他们歇业，那么它也同样能阻止历史无情的进程。

走在这可怕的行进队伍前头的塔拉巴斯搞不明白，为什么这些卖杂货的小店要急忙关门，他觉得这伤了他的自尊。

他一靠近,闲聊的女人就会从坐着的门槛上起身。可以听得见木板小店前铁链闩门闩和锁门的叮咣声。路上如有犹太人的黑色身影偶遇塔拉巴斯,便会倏然而过,匆匆钻进可怜的破房子里寻求庇护。无论塔拉巴斯走到哪里,他的面前都是逃命的人。他不明白为什么大家都怕他。行军的路上他犯起了愁。发愁,是的,小城科罗普塔使他发愁。塔拉巴斯在政府大楼前停住脚步,在两个手下的陪同下走上了宽敞的楼梯,打开了双扇门。他估计门后坐着的是警察局负责人。那里确实坐着一位可怜的白发老人,干瘦、矮小,坐在巨大的扶手椅里几乎看不见。这是个旧时代的人。“我现在负责指挥这座城市,”塔拉巴斯说道,“我的任务是,在这儿组建一支新团。把这座城市最重要建筑的记录交给我。兵营在哪里?你现在可以回家了。”

“乐意从命。”白发小老头说道。然后他便开始用旧式的、极为纤细的、听起来像从远古兵营的窄柜发出的声音向塔拉巴斯做了报告。说完后老人站了起来。他那秃顶、泛黄、带老年斑的小脑袋刚刚能够到扶手椅的靠背。他从挂衣钩上拿下了帽子和拐杖,微笑着鞠了一个躬就走了。

“坐到那里去!”塔拉巴斯对一个陪他进来的士兵说,“我回来前,你负责指挥警察局!”塔拉巴斯走了出去。他一个个地接管了科罗普塔为数不多的几个官方机构,然后来到了空荡荡的兵营。他把被俘的人集中到了院子里问道：“你们当中谁当过兵？谁还想跟我继续当兵？”

所有的人都向前一步走。所有的人都想在塔拉巴斯手下当兵。

十

可怕的塔拉巴斯和他同样可怕的手下要来了。这个消息传到“白鹰”客栈时，这家店的老板，犹太人克里斯蒂安颇勒立刻决定收拾屋子，让老婆带着七个孩子到奇尔比特科的娘家去。克里斯蒂安颇勒家此前已经安排过几次这样的旅程。第一次是战争爆发时，然后是不知哪儿冒出来的一个哥萨克骑兵团进驻小城科罗普塔的时候，之后的一次是因为德国人入侵并占领俄国西部地区。头一次出门时，家里有五个孩子，第二次就已经是六个了，而上次出逃时已不少于七个孩子，有女孩，有男孩。除了战争不停歇地变着法子折磨人，大自然也会随意派送给克里斯蒂安颇勒家无情的命运抑或美好的赐福。

“白鹰”客栈是小城科罗普塔唯一一家旅店，是犹太人克里斯蒂安颇勒从祖上继承下来的。一百五十余年来，他们家族一直拥有并经营着这家店。现在的继承者纳旦·克里斯蒂安颇勒对祖上的命运已经一无所知,但他是在这家老店厚实的围墙里长大的。这堵墙布满裂纹,已经倾塌,野葡萄藤爬满墙头。围墙上开着两扇涂成赤褐色的大门,像是被围墙一分为二,又合二为一,就好比一块宝石把一个戒指一分为二,又合二为一一样。在这扇大门前,纳旦·克里斯蒂安颇勒的祖父和父亲等候着招呼着礼拜四和礼拜五来科罗普塔赶集的农民,这些人把猪卖掉,然后去小商贩的店铺里买镰刀、马蹄铁和彩色头巾。直到战争爆发前,老板克里斯蒂安颇勒都不相信有什么理由会让这一切改变。但后来,他很快就习惯了改变的世界。像其他许多犹太人一样,他知道如何躲避危险,知道如何把上帝的庇佑当成盾牌,以与生俱来的、早已练就的狡诈对抗本国及外国士兵的暴力,而最重要的是给自己,也给家人留下一条生路。

但现在,自从可怕的塔拉巴斯到来后,客栈老板克里斯蒂安颇勒感到了一种完全莫名的、毫无所知的恐惧。他心中本已装满各种平日里的操心事,现在又添新愁。克里斯蒂安颇勒心中纳闷:这个塔拉巴斯到底是谁?他就像个钢铁铸就闪闪发亮的国王来到科罗普塔,给这里重新带来可怕持久的苦难。新的时代有新的法律,上帝才知道是什么法律!上帝啊!请怜悯我们吧!可怜可怜我们纳旦·克里斯蒂安颇勒家吧！

两个星期以来，军官和他们的勤务兵就住在“白鹰”客栈，他们都隶属于这个新国家所组建的新军队。宽大餐厅的上边是褐色的房梁和低矮的木制房顶。每天晚上，军官们都在这里吵吵闹闹，回到自己房间里也不消停。但克里斯蒂安颇勒很快就看出来，这些人只不过因为忘乎所以而发威、滥饮，他们等着一位首领和主宰能把自己带向未知但无疑危险的目的地。塔拉巴斯当然就是这位主宰。于是克里斯蒂安颇勒就像以前那样，把全家塞进一辆早已在客栈库房备好的四座马车，把所有家人都送去了奇尔比特科，自己留了下来。克里斯蒂安颇勒离开了原先和家人居住的那两间宽敞房子，在吧台后边有一扇不起眼的门通向那里。他在厨房地板上用麦秸秆给自己搭了个铺。在远处院子里的仓库边，有幢黄砖盖的小屋，几乎坍塌了，没有什么大用处，只是偶然用一用。那里堆放着各种家用器具，空坛子、木盆、筐子、冬天取暖的劈柴和一捆捆松木火把，还有用坏了的铜茶壶和其他有用或没用的家什，都是过去积攒下来的。

克里斯蒂安颇勒小时候第一次踏进这里时，心中多少有点战战兢兢。因为有人说，早在不知什么时候，当第一批基督教传教士来到这个蛮夷之地、化外之邦时，就在这里，在这个院子里,建造过一个神龛。犹太人克里斯蒂安颇勒把这些故事埋藏于心,对谁都没说过。因为他估计这是真事儿。其实要是他相信这是无稽之谈的话,那他就不会藏着掖着,也许会在某个适当的机会提起它来;他也不会在老婆孩子提及这幢小屋奇怪的往事时,让他们住嘴了。克里斯蒂安颇勒相信,还是不要重复愚蠢的无稽之谈为好。

眼下,克里斯蒂安颇勒正交代家里的马倌菲迪亚一件差事,让他打扫收拾这间小库房。他自己去了地下室。那里储藏着许多小的圆形烧酒坛子以及较大的葡萄酒桶。这些窖藏年代久远,而且幸运地熬过了这场战争和所有你来我往的杀伐。地窖有个拱顶,挺宽敞,被隔成了两层,里面有用石头砌成的墙,用石头铺成的地面,还有个陡峭的螺旋楼梯。走到楼梯尽头,会踩着一大块盖板,上面有个大铁环,抓住它用点力就能把盖板稍稍掀起,然后用根粗重的铁棍把它支住。克里斯蒂安颇勒把大铁环从盖板的金属圈中卸下后藏了起来,免得哪个不相干的家伙发现地下室的下面还有一层。这里深藏着值钱的陈酿红酒,烧酒和啤酒则放在每个人都能取到的地窖上层。

克里斯蒂安颇勒把铁环和铁棍从隐藏处取出,拖进了酒吧。他是一个相当强壮的人,从小就在酒精的气息里打转,脸和脖子都是红的,平日里与沉重的酒桶和农民客人的车子打交道，所以练就了一身有力的肌肉。由于身体上的一个小缺陷——一层薄薄的白内障遮住了他的左眼——克里斯蒂安颇勒躲过了兵役，也因此避过了战争带来的直接危险。在他卷起衬衫袖子的裸露的小臂上，满是浓密的黑色汗毛，整个人看起来有点可怕。有时，被半遮住的眼睛甚至会使布满棕色胡须的脸看上去气势汹汹的。他向来是个无所畏惧的人，但现在内心却充满了恐惧。

在准备的过程中，他渐渐镇静下来，抑制住了对那位陌生的塔拉巴斯的恐惧。他甚至慢慢开始相信，自己可能会沦落为这个陌生的铁石心肠的人的牺牲品。如果注定是个可怕的结局，克里斯蒂安颇勒心想，那就得鼓足勇气去面对。他看着从地下室取出来放在吧台边上的铁棍，棍子在地下室受了潮，生了点锈，铁锈色让人联想起褐色的血迹。

午饭时间到了，克里斯蒂安颇勒招呼着住店的军官。他们身上丁零当啷响着，大呼小叫地走进了饭厅。克里斯蒂安颇勒痛恨这些人。都四年了，自己挤出笑脸，心中时而愤怒时而恐惧，忍受着穿不同军装的军人，忍受着各种马刀发出的当啷声、马枪和步枪磕碰餐厅木地板的闷响、马刺的嘎巴声，还有军靴放肆的踩踏，挂着手枪咔咔作响的皮质武装带、军用饭盒与水壶碰撞的叮当声。曾几何时，客栈老板克里斯蒂安颇勒希望战争结束以后又可以见到其他客人，比如村里的农民、城里的商贩、狡猾胆怯还非法贩卖烧酒的犹太人。然而,战争的时尚显然在这个世界上再也阻挡不住,现在又发明出了新式军装和最新式的徽章。克里斯蒂安颇勒连他客人的军衔都认不得。为保险起见,他管每个人都叫上校,还决定用“阁下”和“将军先生”来问候塔拉巴斯。

克里斯蒂安颇勒来到吧台前,微笑着不停地鞠躬,可心中却无一例外地默默诅咒每个客人不得好死。自从这个新国家复活以来,这些人胡吃海喝,却从不付钱。他们没领到过军饷,自然也就无法付钱。这个新国家的财政状况在克里斯蒂安颇勒看来很成问题。这群人显然都在等塔拉巴斯,等新组建的团。所有人都不停地说到塔拉巴斯。克里斯蒂安颇勒伺候客人的时候,狡猾灵敏的耳朵可没歇着,一直在偷听。他很快听出来,这些人对塔拉巴斯的恐惧一点都不比自己少,甚至还有过之而无不及。克里斯蒂安颇勒可不敢去打听更多有关塔拉巴斯的事。这些人肯定能告诉他有关的消息,他们可都是认识塔拉巴斯的。

大家伙儿正吃着,门突然被撞开了。塔拉巴斯一个全副武装的手下走了进来,鞋跟“啪”地一碰,在门边立正,像尊可怕的雕像。克里斯蒂安颇勒心里说,这是给塔拉巴斯打前哨的,他自己马上就到。

果不其然,马上就听到了士兵的脚步声。上校塔拉巴斯走进了开着的门,后边跟着忠诚的部下。门敞开着,所有军官都跳了起来。塔拉巴斯上校行了一个军礼,然后做了个手势让众人坐下。他转向一直在柜台前弯腰恭候的克里斯蒂安颇勒,命令他立刻给十二个人安排吃喝住处。塔拉巴斯说自己就住这个客栈,要个宽敞点的房间,门前给勤务兵放张床。他要让自己的十二个手下都住在近处,还要求老板和伙计——如果他有伙计的话——都要准点、干净和听命。"重复一遍我刚说的,犹太人!"塔拉巴斯就这么结束了谈话。

克里斯蒂安颇勒一字一句地重复了塔拉巴斯上校的要求。是啊,重复这些话对他而言并不难。那些话就像钉子钉进蜡烛一样刻在了克里斯蒂安颇勒的脑海里,永远留在了那里。他低着头,脸对着地板,盯着塔拉巴斯锃光瓦亮的靴面和银色的镶边——这是路上烂泥留下的痕迹,一字一句地重复了塔拉巴斯的话。克里斯蒂安颇勒心想,他还可以命令我用舌头把他的靴子舔干净。要是他这么要求的话,那可真要命啊!

"看着我的眼睛,犹太人!"塔拉巴斯说。克里斯蒂安颇勒抬起头。"你怎么说?"塔拉巴斯问道。

"尊贵的阁下,"克里斯蒂安颇勒回答道,"都准备好了,一切就绪。已经给尊贵的阁下您准备了一间大屋子,也给阁下的陪同人员准备了宽敞的卧室。我们会在您的门前支一张床,一张舒服的床。”

“不错,不错。”塔拉巴斯说道。他命令手下从厨房取来食物,然后坐在了一张空桌子边。

酒吧里静得一点声音都没有。军官们一动不动,一声不吭。盘子边的叉子和勺子也纹丝未动。

“祝大家好胃口!”塔拉巴斯喊道,然后从靴子里抽出刀子,仔细端详了一下。他舔舔大拇指,用沾湿的指头小心试了试刀刃。

犹太人克里斯蒂安颇勒走上前来,右手端着热气腾腾的碗,左手拿着勺子和叉子。他还拿来了豌豆和酸菜,期间又上了呈淡红色的猪排。餐桌上笼罩着柔和模糊的热气。

克里斯蒂安颇勒放下了碗后,弯着腰背对着吧台一步步退了下去。

从吧台这里,他用半闭的眼睛观察那个可怕的塔拉巴斯,这家伙胃口可真好。没有什么特别的招呼,克里斯蒂安颇勒可不敢自说自话地给这位厉害人物上酒,他在等命令。

“喝!”可怕的塔拉巴斯终于喊了一声。

克里斯蒂安颇勒消失了一会儿,但很快又出现了,他手里拿着个结实的木制托盘,上边放了三个大瓶子:葡萄酒、啤酒和烧酒。

他把三瓶酒连同三只不同的玻璃杯放在塔拉巴斯上校面前,深鞠一躬,退了下去。塔拉巴斯先仔细端详了一下酒瓶,一瓶接一瓶地举起来对着光看,好像要用手和目光去称重似的,然后选定了烧酒。和所有喝烧酒的人的通常做法一样,他将一杯酒一饮而尽,然后再斟满。餐厅里鸦雀无声,军官们笔直地坐在自己的盘子、餐具和杯子前,斜眼看着塔拉巴斯。克里斯蒂安颇勒也一动不动地低头站在吧台前,随时恭候着塔拉巴斯上校招招手,甚至动动眉毛就赶快前去伺候。克里斯蒂安颇勒就这么竖着耳朵听着,站着,等着这位科罗普塔战争之神的命令。谁知道这些命令什么时候下达,可能很慢,也可能很快。每当上校重新斟满杯酒后,都可以清楚地听到烧酒咕咚咕咚落肚的声音。这位可怕人物还不忘加上一句好评:“酒不错,亲爱的犹太佬!”这句话塔拉巴斯说了一遍又一遍,声音也越来越高。最后,当上校喝完第六杯时,在场最年轻的军官库林少尉觉得到了该打破这种因敬畏和恐惧造成的死寂的时候了。他站起来,拿着斟满烧酒的杯子来到上校桌前。库林少尉以标准的军姿站在塔拉巴斯面前,他的手一抖不抖,斟满的酒一滴都没洒出来。“为我们的第一位上校干杯!”库林少尉喊道。所有的军官站了起来,塔拉巴斯也站了起来。“新军万岁!”塔拉巴斯喊道。“新军万岁!”众人和道。觥筹交错中出现了一声稍显迟疑和怯懦的回声，这是犹太人克里斯蒂安颇勒发出的声音："我们的新军万岁！"

话刚一出口，纳旦·克里斯蒂安颇勒就把自己吓了一大跳。他马上跑到吧台后，打开通向院子的小木门，喊伙计菲迪亚去地下室取来两小坛烧酒。此时，餐厅里的气氛变得亲密了。大家伙儿越来越大胆，越来越亲密，先是个别人，然后是一小伙人，离开自己的桌子走近塔拉巴斯，为他的健康干杯。塔拉巴斯感到越来越舒服，越来越像在自家人中间。手下军官的恭维比烧酒更为受用，虚荣心温暖着他。"你，我的朋友。"塔拉巴斯很快就这么毫无区别地招呼所有人了，接着桌子也被推在了一起。克里斯蒂安颇勒和伙计菲迪亚喘着粗气，满头大汗地拎着装烧酒的小坛子。不一会儿，流水般清冽的烧酒淌进了亮晶晶的大敞口玻璃杯，吧台上有三十六只杯子等候着。一杯刚倒好，就像救火时传递消防桶那样，被一只只手传递出去。然后，还真就像灭火时一样，军官们一个挨一个地从克里斯蒂安颇勒的吧台排到可怕的塔拉巴斯坐着的桌子前，传递着盛满的酒杯。他们就这样互相把盛满的酒一杯杯传过去，那都是些个头不小的杯子。

库鲁拜提斯少校挥了一下手，所有人随即同时举杯，口中爆发出"乌拉"的欢呼声。这一声吼把犹太人克里斯蒂安颇勒吓破了胆,却让伙计菲迪亚乐不可支,他突然开怀大笑起来,笑得前仰后合,站都站不稳,还用自己两个大巴掌狠狠拍着大腿。克里斯蒂安颇勒开始有点害怕这家伙的傻笑惹恼了众人,可恰恰相反,笑声传染给了心情大好的军官们,于是所有人都爆发出了笑声。大家伙儿勾肩搭背,举杯相碰,吆五喝六,笑得气喘吁吁,咳嗽不止。他们突然被无以复加的喜悦所征服,陷入自己的笑声不能自拔。是的,连强大的塔拉巴斯自己也在众人不停的欢笑声中招手,让大笑不止的菲迪亚过来给大伙跳个舞。音乐是少不了的,于是塔拉巴斯把手下一个叫卡勒叶祖克的喊来,这是个演奏手风琴的行家。卡勒叶祖克两手握着乐器放在挺起的胸前,开始演奏起一首流传颇广的哈萨克舞曲——因为他刚才一下子就认出酒保菲迪亚是他老乡。于是,菲迪亚像是身心都被手风琴拉出的乐曲打动了似的,立刻跳起舞来。刚才还排成一排的军官现在围成了一个圆圈,中间是手舞足蹈的菲迪亚和拉手风琴的卡勒叶祖克。开始的时候,菲迪亚心甘情愿、满怀喜悦地跳着舞,但接下来,当他在音乐的制约下不得不乖乖地听命于美好而又让他痛苦万分的乐曲时,他的笑脸变得僵硬了,张开的嘴巴也合不拢了,有时候,贪婪的舌头会从满口的黄牙中露出来,好像胸中缺氧而要去舔舐空气一样。他原地转圈,随后低下身去,膝盖跪地转了起来,接着又站起身来向上一跳:所有一切都符合哈萨克舞曲的要求。在大家看来,他像是想停下来。有时,菲迪亚的力气似乎快要用尽了,是的,他没劲儿了,像是被乐器伤感却激昂的曲调,被站在周围、像舞蹈看守似的军官那有节奏的拍手声驱使着,刺激着,停不下来似的。连伴奏的卡勒叶祖克也来了兴致跳了起来。他被演奏的曲子征服了,突然打起了旋子,活跃的手指也不停地按着琴键,他蹲下身子,和不知疲倦的菲迪亚对舞起来。最后,几个军官也从围成一圈的看客中跳出来手舞足蹈,他们使尽全身解数地和那两个舞者一决高低。其他还站着的军官也开始和着拍子用靴子跺脚,还一刻不停地拍着手。肆意的喧嚣升腾起来。军靴踏在地板上隆隆作响,窗框震得哗哩哗啦,马刺踢踢踏踏。白铁皮的吧台上放着空了的杯子,一个挨一个,好像在等着新的酒客。犹太人克里斯蒂安颇勒不敢离开站着的地方。奇怪的是,这些令他恐惧的喧嚣同样也使他冷静下来。他害怕这些人接下来会让他像伙计菲迪亚那样去跳舞。他心中充满了痛恨和担忧。尽管已经知道这些人身无分文,没法付钱,但还是希望他们继续喝下去。克里斯蒂安颇勒站在吧台那里一动不动,像个自家的陌生人。他不知道还能干什么。他想离开酒吧,但也知道这绝无可能。犹太人克里斯蒂安颇勒就这么原地不动地站在那里,无助,可怜,但依旧热心周到。

这时,金色的秋日已经落山。在三扇大窗户的对面,衣服架子上挂着变成棕色且显得油腻的皮带,亮闪闪的佩刀映出秋天丹红的落日。克里斯蒂安颇勒面对落日,这似乎是原来那个上帝还存在的征兆。这个犹太人知道,太阳会从西边下山,会在晴朗无云的日子里将余晖洒在那个衣帽架上。尽管如此,此刻他还是从这再自然不过的景象中获得了安慰。那个可怕的塔拉巴斯,他来就来吧。上帝的太阳会像此前每天一样照常落下。晚祷的时间到了,面朝东,也就是朝向克里斯蒂安颇勒现在看着的衣帽架。这怎么祈祷啊?喧嚣声越来越大。在这一刻,到目前为止所有战争和各路占领带来的灾难,在克里斯蒂安颇勒看来,比起塔拉巴斯周围这帮人根本说不上危险的喧嚣吼叫来,算是无害的了。塔拉巴斯是这时唯一坐在桌子边的人,他整个身子向后靠着,与其说是坐着,倒不如说是躺着,穿着笔挺马裤的腿叉开着,锃光瓦亮皮靴里的两只脚向前伸着。他偶尔受到那些一个劲儿鼓掌的人的感染,也拍拍手。现在,他桌子上立着十几只喝干了的杯子——但仍有新盛满的杯子被递过来,仿佛周围站着的军官在小心翼翼用他们的双手呈上供奉。半个小时以来,除了塔拉巴斯,已经没人再喝了。犹太人克里斯蒂安颇勒可以从吧台那儿留意着什么时候该去添酒。他其实一直都在盯着塔拉巴斯上校的桌子看。无论是快把他吵聋了的喧闹,还是充斥内心的无尽愁苦,都无法把他的目光从当下这件最紧要的操心事上引开:这个可怕的家伙是不是还接着喝啊?塔拉巴斯不再从克里斯蒂安颇勒此前放在桌子上的酒瓶里倒酒了。很显然,他更喜欢让军官们伺候。现在,克里斯蒂安颇勒觉得自己已经看出了塔拉巴斯的倦意。根据他的粗略估计,塔拉巴斯已经喝了十六杯烧酒。这位巨人打了个哈欠,克里斯蒂安颇勒看得真真切切。这绝对是普通凡人疲惫的表现,犹太人心宽了下来。

这期间,太阳的余晖很快消失在客栈的餐室里,天几乎一下就黑了。突然间大家听到什么东西重重地摔倒了。菲迪亚仰面朝天躺在地上,胳膊大张着。手风琴摔坏了,就像有人把它一劈成了两半。"水!"有人喊道。克里斯蒂安颇勒提着那个一直放在吧台后边的水桶扑上来,兜头一桶凉水泼在菲迪亚脸上。周围的看客怀着与其说是恐惧,不如说是激动的心情盯着看菲迪亚如何从失去知觉中醒过来,菲迪亚发出了呼哧呼哧的声音,他又活了过来,虽然还躺着,却立刻发出了大笑,就像一个新生儿在用悲痛的哭声来迎接世界上的第一束光亮。此时天已经完全黑透。"点灯!"塔拉巴斯站起身来命令道。克里斯蒂安颇勒首先点亮了一直放在吧台上的灯笼，然后，像平时那样，用一个搓好的纸捻借着灯笼的火点亮了煤油灯。黄色油腻的灯光正好落在傻笑着站起来的菲迪亚身上。他呼哧呼哧喘着粗气，水滴滴答答从头上和肩膀流下来。所有人都一声不吭，一动不动。"结账！"塔拉巴斯突然喊道。犹太人克里斯蒂安颇勒多久没听过这样的喊声了啊！谁曾喊过"结账"？

"尊贵的阁下，大人，将军阁下，"克里斯蒂安颇勒说道，"请您原谅，我没数有多少……""从明天起你要记账！"塔拉巴斯说，"我建议去散步。各位！"

所有人赶忙系上皮带，叮叮当当地走了出去，走进了小城科罗普塔的黑夜，他们成群结队地跟在塔拉巴斯后边向兵营走去。他想去看看这个新组建的团在夜间的表现。

十一

接下来的几天，塔拉巴斯上校，这位小城科罗普塔可怕的君王，觉得在自己的帝国里不像在自己家里那么得劲儿了。早上在克里斯蒂安颇勒专门为他准备的宽大舒适的床上醒来时，这位君王已然不知道昨天都发生了些什么，而今天本来想要完成的事更是让他头大，因为最近几天在塔拉巴斯上校周围所发生的都是些非同寻常的极端事件,是彻头彻尾的混乱。那些从首都来的信差送来了可怕残酷的命令,信使有的步行,有的乘车,有的骑马,还有的乘坐旧军车。塔拉巴斯毫不怀疑,在这个新祖国里有个纸做的魔鬼在执政。在魔鬼手下,成百上千怒不可遏的文书坐在新首都里,策划着搞垮塔拉巴斯的阴谋。肯定都是红头发,弄不好还是红头发的犹太人搞的。勤务兵早上要帮上校穿军装、刮脸和梳头。为了把细长沉重的马靴给塔拉巴斯穿得服服帖帖,勤务兵要跪在床前,脑袋和上身在上校叉开的两腿间,把靴子一会儿向上拉,一会儿向下抻。他那棕色有力的手握成拳头,交替着把左右腿靴筒上的布带子向上慢慢拉起,然后用力磕脚后跟和脚底板,好让塔拉巴斯的脚最终服服帖帖地钻进靴子。新的一天已在窗前冉冉升起,而塔拉巴斯对这新的一天所有的厌恶,似乎都集中在了这双不服管教的脚上。为了走着舒服,他使劲地跺了几下地板,向上伸着两只胳膊,打了一个瓮声瓮气的大哈欠,接着勤务兵给他套上挂着匕首和手枪的武装带,看起来就像给一匹国王的骏马在上笼头。这时候,天刚麻麻亮,犹太人克里斯蒂安颇勒就在门后竖起耳朵听着了,他穿着拖鞋悄无声息一路小跑着去小饭厅里准备沏茶,待会儿上校一进小餐厅,克里斯蒂安颇勒就会响亮地喊一声:“早上好!”这毫无疑问也是对整个城市的问候。这声问候好像喊出了他内心的全部喜悦,终于又见到了至高无上的贵客。“早上好,犹太人!”那位可怕的人答应道。塔拉巴斯感觉不错,克里斯蒂安颇勒的大声问候现在才真正唤醒了他,还向他证明自己比这新开始的一天更为强大。也许新的一天会有更多的文件送来。塔拉巴斯贪婪地、大口大口地喝着滚烫的茶,然后站起来,一边打着招呼,一边腾腾腾地向军营走去。所有碰到的路人都给他让路,深深地向他鞠躬致敬,他谁都不正眼瞧一下。

新的不幸正在办事处等着塔拉巴斯。他是受过教育的人,甚至受过高等教育。许多年前有一次,他还解出了可怕的公式,通过了好几门考试。啊,塔拉巴斯可不是什么榆木脑袋!他今天叫了两个上尉来帮忙,安排了一个懂行的下士领着四个文书坐在那里写(他们看起来也像魔鬼)。这些人把数不清的来自首都的公告搞得更糟,把问询文件搞得更乱,解决不了头绪纷繁的任何问题,把糊里糊涂的文件搅和得更加莫名其妙。他们在塔拉巴斯面前做的报告相互矛盾,还向他请示该做这还是该做那。要是塔拉巴斯让他们走开,他们就会像小鬼被大地吞噬了一样立刻消失,留下塔拉巴斯一个人承担责任和痛苦!啊!他是多么渴望战争啊,强大的塔拉巴斯!那些无法选择地被裹挟而来的人不是他原先的士兵,现在要用这些人组建一个新团。他们是因为饥饿,而不是其他什么原因,才来投奔塔拉巴斯的。每天都有人向他报告出现了新逃兵。每天当他来到操练场时,都能看到队列里出现的新空位。大家操练得懒洋洋、软绵绵的。是的,手下几个军官根本就不知道什么是连队操演。这真是让塔拉巴斯恨得牙痒!只有那么几个他带到科罗普塔来的老兵还值得信任,其他人虽然现在还怕他,但他已经感觉到这种恐惧中也会滋生出背叛和黑枪。大家还服从他的命令吗?——只是不反对罢了。反抗其实倒更合塔拉巴斯的心意。

塔拉巴斯回忆起了那个不幸的礼拜天,那天红头发的陌生人第一次出现在他面前,这正是一切不幸的开始。他有时会极度地愤恨自己的手下,这是那种对敌人都不曾有过的恨。晚上,当他确信所有的敌人都已入梦时,就从客栈安静的桌子边站起身来,招呼也不打地离开狂饮的战友,带着报仇的渴望,大步流星地走向兵营。他检查岗哨,命令打开房间,从一丝不挂的士兵身上掀掉被子,搜查储藏室和草袋,背包和行囊,口袋和枕头,还有厕所马桶;他威胁要毙掉这个或那个,检查军人证和文件,询问他们参加过的这场或那场战役。塔拉巴斯会突然受到感动,几乎都要去道歉了,随后他的内心又充满了对自己的无名火,接着他会伤感,会同情。他深深地感到羞耻，然而，这种羞耻之心被走路时发出的可怕的叮叮咣咣声掩盖了，他踩着脚离开那里（他多么想不出声地走开啊），回到了客栈。

塔拉巴斯还没有找到解决自己队伍问题的办法，也没有给自己和军官找到军饷。他的部下仍像以往一样，需要什么，就到房子和庄园去偷、去抢。像在占领区的惯常做法一样，塔拉巴斯命令当地人暂时每天下午给他的军团提供食物。每天下午四点整，科罗普塔的居民就拿着篮子提着口袋出现在兵营的院子里。他们交出肉、蛋、黄油和奶酪，换来的是所谓的收条。这些小纸条是用旧的发黄的办公室便笺或边角料做的，歪歪扭扭的字是孔泽夫中士写的，塔拉巴斯在上面签上一个遒劲的字母 T。有一次，塔拉巴斯三个部下在科罗普塔锣鼓喧天地宣布塔拉巴斯的告示，说可凭收据领取钱款。但没人相信这几个鼓手。在战争中，科罗普塔的人已经多少次听到了鼓手的喧闹！不过他们仍和以前一样，胆战心惊地把自己本就不多的或购买来的食物送去兵营——连最穷的人也要出一份微薄之力，比如拿来一小罐荤油、一块面包、土豆、甜菜、萝卜，还有烤苹果。

犹太人克里斯蒂安颇勒伺候着这些贪得无厌的军官。那个古老、乐于助人但又残忍的上帝每天早上都给这个犹太人送来一个新礼物。他好心的小舅子从库扑克村带来了半扇牛肉。第二天,屠夫库洛普金又不请自来,想用一只偷来的猪换一升烧酒。他的希望没有落空,克里斯蒂安颇勒给了他两升,但让屠夫自己把这只猪宰了,然后在院子里的空地生起火做烤肉。到目前为止,只有可怕的塔拉巴斯付过钱。从其他人那里,克里斯蒂安颇勒连张收条都没得到过。可是新国家提供的那些匆匆忙忙新发行的纸币又值什么钱呢?还能在克里斯蒂安颇勒的有生之年兑成金子吗——真正的金子!克里斯蒂安颇勒把十卢布金币垒成五米高的卷筒藏在了地下室第二层里。为了喂饱这群贪得无厌的食客,他已经做好准备,哪天不得已就去地下室取出这个卷筒上的一卷金币来。但他又祈祷这一天来得越晚越好。

塔拉巴斯已经派人向首都送去了消息,说这里缺钱,要还是这么下去的话,就会爆发哗变和骚乱。过了几天,一个身穿这个国家新式军装颇有风度的少尉出现在科罗普塔,正好撞上塔拉巴斯和手下在喝酒。少尉报告说明天拉库柏将军阁下将会来检阅卫戍部队。塔拉巴斯站起身来。“他会带钱来吗?这位将军?”他问道。“当然!”少尉回答道。“坐下,喝酒!”塔拉巴斯命令道。

这位少尉顺从地坐下,但喝得很少。他是一位头脑清醒的将军副官。

十二

第二天一早,拉库柏将军到了。塔拉巴斯在火车站迎接他,这位看起来有点柔弱矮小的将军着实让塔拉巴斯上校吃了一惊。对,将军的瘦小使他感到错愕。似乎这位阁下的弱不禁风对他自己的无比强大而言不是什么好兆头。将军还在车厢踏板上时,就已经向他伸出了手,但这个动作看起来并不像要和他握手致意,而是想借助塔拉巴斯有力的手的支撑方便下车似的。有那么一瞬间,塔拉巴斯觉得,在自己强有力的手掌里,将军干枯瘦弱的小手就像只温暖无助的鸟儿。塔拉巴斯上校全副武装地迎接着一位将军,他认识许多将军:孔武有力、男子气十足、满脸胡须,至少是留着小胡子的。他们目光笔直刚毅,手上有力,步伐坚定。全副武装的塔拉巴斯要见的是这样的将军,可拉库柏肯定是世界上最另类的将军之一。他刮得光溜溜却布满皱纹的小黄脸就像个没人认得的果子似的,蔫了吧唧地布满了褶皱,从又高又宽的血红色的衣领上伸出来,又埋在了帽子下边黑色的巨大阴影里,看起来这顶灰色镶了金边的帽子是特意为保护那个蔫了的小脑袋不再枯萎才戴上的。拉库柏单薄的两条腿陷在高高的靴子里,靴子和一般农夫的靴子一样没有马刺。一件宽松的小夹克裹着将军阁下单薄的身子骨。与其说这是个将军,还不如说是个稻草人……

塔拉巴斯把这瘦弱的外表当作一种特别的潜在隐患。他喜欢自己这样的,喜欢和自己一模一样的。在塔拉巴斯的内心深处藏着一个念头,这个念头虽然还在沉睡,但在沉睡中已经渐渐开始喃喃自语,若有所思。这个念头在说,强大的塔拉巴斯会经历一次决定命运的会面,遇见许多弱不禁风的小人物中的一位。这种人在大地上四处游荡,他们多余、奸诈、一无是处。塔拉巴斯走到将军身边,陪他走出火车站出口时,注意到拉库柏的个子才刚到他的手肘。出于礼貌和军纪的要求,塔拉巴斯上校不得不尽可能地把自己变得矮一点。他弯下腰,迈着小步,压低了声音。他的马刺咔咔在响,而将军的靴子却悄无声息。“亲爱的!”将军用非常小的声音说道。为了能听得清楚些,塔拉巴斯的腰弯得更低了。“亲爱的,”拉库柏将军说,“感谢您来接我。我知道很多关于您的事情。我认识您,很久以前就知道您的大名。很高兴见到您!”——将军这么讲话吗?——塔拉巴斯真不知该如何应答。

他们坐进了克里斯蒂安颇勒的车,塔拉巴斯的一位手下负责驾车。一路上拉库柏将军一言不发,像个小孩一样蜷作一团，坐在塔拉巴斯边上，黑亮的小眼睛飞快地掠过田野。如果将军把镶金边的大帽子摘下，别人就可以看到这一幕（他在路上确实摘下过几次帽子，尽管天气并不热）。有几次塔拉巴斯想说点什么，但每当他想开口，就会觉得拉库柏将军遥不可及。不祥的念头在强大的塔拉巴斯心头升起，不祥的念头！当他们进了小城，左右两边木制人行道上的科罗普塔居民像往常一样毕恭毕敬地表示欢迎时，拉库柏将军开始向周围的人报以微笑和回礼，他把帽子放在膝盖上，露出了秃顶发黄的脑壳，薄薄的双唇张开着，露出了没有牙齿的嘴。塔拉巴斯现在算是搞清楚了一件事：这个拉库柏就是那些可怕的纸做的魔鬼的最高长官。

他们停在克里斯蒂安颇勒的客栈前，将军没管塔拉巴斯，径自迅速跳下了车。他对客栈老板友好地点了点头，飞快地把帽子戴上了小脑袋，直接跨进客栈的院子。他叫了杯茶和一个煮透了的鸡蛋。克里斯蒂安颇勒按照往日的习惯，没有问就给上校端来了烧酒，塔拉巴斯一滴都没碰。将军把鸡蛋在茶杯下的盘子沿上慢慢敲了敲，此时，他的副官，那位优雅的少尉走了进来，颇为桀骜地站在桌子前。“坐下吧。”将军嘴里嘟囔着，接着用细细的食指剥着蛋壳。

在安安静静吃完鸡蛋喝完茶后，拉库柏将军开口说道：“我们现在去看看你的团吧！”当然，塔拉巴斯上校早就准备好了一切。整个团一大清早就在兵营前迎候将军了。士兵的营房也秩序井然。尽管如此,塔拉巴斯上校还是说:“我不能保证任何事情,没军饷,没军装。我刚来那阵子,连兵营都没法用。我也无法对全团每个人承担责任。许多人都当了逃兵,现在这里还有不少恶棍。”

“您先把您的酒喝了。”将军说。

塔拉巴斯喝了起来。

“您也喝!”将军对少尉说。

“今天会送来两箱钱,”将军说道,“那么最大的问题应该没有了。这是两个月的薪俸和六十天的欠饷。多出来的去买啤酒和烧酒。最重要的是心情好。这个您懂,塔拉巴斯上校。”

是的,上校懂的。

他们默默地上了车,驶进了兵营。

拉库柏将军迈着小碎步从这个团的列队前疾走而过。有好几次,他习惯地摘下了帽子,光光的小脑壳才刚刚能够到上了肩的步枪枪托。可以设想得到,将军灵巧的小眼睛仅仅刚够检查这些人的武装带和靴子上的东西。士兵的头随着将军的步伐转了过去,但他们的眼睛却注视着拉库柏将军的小脑袋的上方。可有时候,将军会突然抬起头来站着不动,吓人一跳。他那灵巧的眼睛变得凝滞,盯着某个人或某个军官的脸、身体和武装带。看起来拉库柏将军好像和世界上其他将军不一样，不检查受阅部队的军事素养。大家都习惯了军事素质的检查。他们了解战争、被俘、战役、伤痛甚至死亡：一个将军还能把他们怎么样？可是这个矮个子的拉库柏要是突然停下了脚步，那就像要研究一个人的内心，研究一个人的灵魂似的。为了在他面前掩藏自己的内心世界，这些人用威风凛凛的军容风纪把自己包裹得严严实实，像刚入伍没几年的新兵一样站得笔挺，可他们的内心却还是惴惴不安，觉得这一切都白费力气。大部分人相信魔鬼。而他们也和上校塔拉巴斯一样，都相信在拉库柏将军的小眼睛里看到了地狱的火苗在闪烁。

拉库柏很快结束了检阅。他和塔拉巴斯上校一起走进办事处，然后命令文书走开。他坐下来翻看文件，用瘦弱灵巧的小手把这些文件归拢为几堆，偶尔笑笑，轻柔地把一堆纸弄规整，然后又整理另一堆。他看看坐在对面的塔拉巴斯说道：

“塔拉巴斯上校，您搞不懂这些东西！”

现在，强大的塔拉巴斯有了搞不懂的事情。谁都知道，自从塔拉巴斯参战以来，这样的事情还不曾有过。

“是的，”拉库柏将军用他细细的声音重复道，“塔拉巴斯上校，这些事您不懂。”

“是，”强大的塔拉巴斯回答道，“是的，其实，我不懂这些事。那两个被我当成是内行的上尉，是战时负责账目的上尉。那些我任命的文书，对当下的事也是不明就里。他们交给我看不懂的报告。这都是事实！我担心他们会把所有的事情搞得更糟。”

“完全正确，”拉库柏将军说道，“塔拉巴斯上校，我会给您派一个副官来。一个年轻人。别小看他！他没参过战，身体曾经弱不禁风，老是生病！是的，不像您是个天生的士兵，上帝保佑，上校！我对您实话实说：在和平时期，他当我的副手当了十年。您应该知道——希望您别介意，我当过律师。在战时，我是军事法庭庭长，不是个战士。这一点瞒不了您的。另外，上校塔拉巴斯，我曾是您父亲大人的律师。我上个星期还和您的老父亲说过话。但他都没让我给您捎个好……”

拉库柏将军稍停了一下，单调恳切的话语还在房子里回响，句句冷酷、刺耳、平静，就像布满锋利小刺的篱笆一样包围着他，萦绕在塔拉巴斯的耳畔。在这一席话中，只有“父亲”这个词稍微凸显出来，让塔拉巴斯上校觉得自己变小了，变得越来越渺小。毋庸置疑，这就是身体上的一种变化。他此前出于军纪和礼貌的考量，尽量让自己显得比将军更微不足道，但他做得并不成功，现在可要使尽全身解数去守住自己身体的尺度，于是这位曾经强大的塔拉巴斯便尽量坐得笔直。他的目光刚刚可以越过拉库柏将军的光头看见窗外，这使他颇为得意。外边是阳光明媚的秋天。一株几乎落光金色树叶的栗子树矗立在窗前。树后几乎伸手可及的地方，天空的湛蓝熠熠生辉。自孩提时代以来，塔拉巴斯上校第一次感受到了自然的力量和强大。是的，他闻着窗子后边秋天的味道，希望自己能重新变回男孩。有那么一会儿，他迷失在对自己儿童时代的回忆之中，但同时他也知道，他只是逃避当下。只有回到过去，才能救赎自己。强大的塔拉巴斯变得愈加渺小，最后像个小男孩儿那样坐在拉库柏将军面前。

塔拉巴斯撒谎说："我回头想看看我的父母。"

拉库柏将军好像没有听见这句话。"您还是个孩子的时候我就认识您，"他说，"我经常去您父亲那儿。后来您卷入了圣彼得堡的那场丑闻。这您还记得吧。那真是费劲，还花了钱，花了一大笔钱。然后您去了美国。后来又出了和酒吧老板的事，您把人家给揍了……"

"酒吧老板？"塔拉巴斯问。

他有多久没想起那个酒吧老板了，又有多久没想起过卡塔琳娜了。现在他又看到了卡塔琳娜，看到了那个强壮、张着血盆大口的酒吧老板，看到了堂妹玛利亚和她两个乳房之间的那个沉甸甸的银质十字架,也看到了那个大玻璃球和球后边吉卜赛女郎的脸。

“在纽约,”塔拉巴斯突然开始讲起来,好像讲话的是另一个人,是另一个从他身体出来的人在说话一样,“在纽约,在一个游乐场上,有个吉卜赛女郎给我占过卜,说我会变成凶手,也会变成圣徒……我想,这个预言的第一部分已经……”

“塔拉巴斯上校,”小个子拉库柏把瘦弱的小手放在面前,叉开手指,“预言的第一部分还没有实现。您没杀死纽约的那个酒吧老板。不过那人现在也已不在世上,他后来参战阵亡了。确切地说,是在伊普恩死的。这个故事说来话长。您看,请原谅我打个岔,法律并没有被战争所迷惑。有人密切关注着您,如果当时您杀了那个好人,就会又被降级。另外,那个年轻人,就是我要派给您的那个年轻人,当时负责处理这桩事。这是您欠他的。您的父亲当时可气得不轻。”

四下安静无声。拉库柏单调的声音是从他那里吹来的,是一股轻柔的风把将军的声音吹到了塔拉巴斯身上。这是股柔和执拗的风,避也避不开,它使人感到熟悉,但同时也令人难堪。这股风来自那些久远、熟悉和尴尬的岁月。

“我的堂妹玛利亚呢?”塔拉巴斯问。

“她结婚了，”拉库柏说，“她和一个德国军官结婚了。很显然，她爱上了他。”

“我也爱过她。”塔拉巴斯说道。

接下来又是沉默。拉库柏两手交叉，相扣的十指放在桌子上，犹如一个用骨头做的栅格挡在那堆整洁干净的文件前。

塔拉巴斯上校的手松弛无力地放在大腿上，他觉得自己已经抬不起胳膊，两只脚也离不开地了。玛利亚爱上了个陌生军官，背叛了强大的塔拉巴斯！这对他不公平，对可怕的塔拉巴斯不公平！从来只有他对别人不公和施暴。这是强加给可怜的塔拉巴斯的极为苦涩的不公平。这个不公稍稍减轻了自己的暴敛。这其实是善良的不公。忏悔啊，忏悔！强大的塔拉巴斯！

“最重要的是，”拉库柏将军开始说，“最重要的是你要清理你的团，至少开掉一半人。对每个您留下的人，我们必须得到有关其来历的详细报告。塔拉巴斯上校，我们正在组建一支新的队伍，一支可靠的队伍。我们会把那些您不要的陌生人赶走，或者关起来，或者交给各国领事馆。长话短说：把这些人赶走，随便用什么方式都行。采用什么方式其实无所谓。把搞音乐的人留下！音乐很重要。尽量留下能读会写的人。但您要给所有人支付军饷，包括那些您要赶走的人。为了让您比较容易收缴他们的武器，明天和后天会送来啤酒。您可以说是将军送给大家的。——对，就这些！”拉库柏说完后站了起来。

就像来时一样，两人默不作声地乘车去了火车站。夜幕降临了。火车站在科罗普塔的西边，车子迎着夕阳行驶在笔直的马路上。正在调轨的火车头喷出蒸汽，穿过蒸汽的夕阳洒在车站大楼金色的山墙上，留下了红色伤感的一抹，也映照在将军军帽那巨大的黑色漆皮帽檐上。后座上那位优雅的少尉一声不吭，全神贯注地凝视着这一幕。

“祝一切顺利！”拉库柏将军登上火车前说道。他瘦弱的小手居然那么温暖，像一只可怜的鸟落在了塔拉巴斯有力的掌心。“别忘了啤酒，如果有必要的话，还有烧酒。”拉库柏从开着的窗户对他说。

然后火车开走了，留下了强大的塔拉巴斯一个人。他觉得这辈子还没有这么孤单过。

十三

于是，在这个倒霉的晚上，塔拉巴斯喝得比平常多许多，以至于犹太人克里斯蒂安颇勒开始考虑，如何才能在不引起他注意的情况下在烧酒里掺点水。生活已经无法给客栈老板克里斯蒂安颇勒带来欢愉,尽管他知道,傍晚时有两箱给士兵的军饷和给军官的薪俸已经送到。两个士官带着六个兵,手持卡宾枪一路护送着这辆车。现在车还停在他家院子里,箱子放进了小库房,卫兵在入口处来回巡逻,刚才就是他拦住克里斯蒂安颇勒不让他往烧酒里兑水的。小库房的入口前,一盏灯在夜晚的风中轻轻摇曳,给院子洒下模模糊糊发黄的光影。在酒馆里,可以听见外边卫兵打了钉子掌的靴子有规律地来回踱步的声音,虽然所有军官都像往常一样坐在了桌边。军官们不是在说话,而是在窃窃私语。因为在酒馆中间,可怕的塔拉巴斯上校独自一人坐在他的桌边,像是坐在一座沉默的岛屿上,四周是一堵光亮无声的冰墙。他在喝酒。

全世界都抛弃了塔拉巴斯。这个世界已将他遗忘,将他唾弃。战争结束了,是战争自个儿离开了塔拉巴斯。再也没有危险等着他了。塔拉巴斯感觉被和平出卖了。团里的事情他不懂,堂妹背叛了他,父母连个问候都不捎给他。他们都背叛了他塔拉巴斯。被遗忘,被抛弃,被唾弃,被出卖,这就是塔拉巴斯上校。

塔拉巴斯组建的团什么用都没有,这连他自己也知道。明天必须遣散一半人马,先要缴械,然后遣散。他站了起来，脚下有些晃悠。他走进院子，去看自己忠实的部下。

他喊来孔泽夫，这是他年纪最大的中士，已经跟着塔拉巴斯三年了。

“亲爱的！”塔拉巴斯说，“亲爱的！”塔拉巴斯又重复道，嘴里已经不利索了。

夜晚晴空繁星密布的苍穹下，在黄色灯光恍恍惚惚的映照中，孔泽夫中士健壮的身形矗立在塔拉巴斯上校面前一动不动。“跟我来！”塔拉巴斯说。大块头孔泽夫立刻行动起来。因为看到塔拉巴斯走路有点摇晃，他便弯下腰，用自己的肩头支撑着上校。塔拉巴斯抱住了孔泽夫的肩，想用自己的脸挨近中士满是胡须的大脸，他很高兴闻到孔泽夫中士小胡子的味道，闻他呼出的烟草和酒精的气息。啊！中士身上所有的气味他都熟悉：羊毛质地的军服受潮散发出的气味，两只粗大笨拙的手上发出的粘着泥土的气味，靴筒和武装带散发出的带点甜味的优质俄罗斯皮革的气味。这些气味能让塔拉巴斯上校感动得落泪，而且两滴热泪已经在眼眶中打转。塔拉巴斯说不出话来，脚下踉踉跄跄，手臂挽着弯腰矮下来的大块头孔泽夫，向院子最外边也是最黑暗的拐角走去。

“孔泽夫，”塔拉巴斯第一次用这样的口吻和他的这位中士说话，“我亲爱的老弟，我们团没用了，这是将军今天对我说的，但其实我俩早就知道了，是吧，孔泽夫老弟？唉！亲爱的孔泽夫，明天必须把那没用的一半人打发掉，所以明天先要把他们灌醉。”

“遵命，上校！”中士孔泽夫说，“我们把他们灌醉，然后打发走。我们会收缴他们的武器，还有弹药。”孔泽夫过了一会儿才说，好像要给上校一个特殊的安慰。他比塔拉巴斯大了整整十岁，比他高五公分，像父亲一样待他。

“你还知道吧，”上校说道，“这场战争？——这是件了不起的事情。根本没必要组建一个团。开枪，完蛋。就这么简单。不是吗？亲爱的孔泽夫？”

“是的，是的，”大块头孔泽夫说，“这场战争是件大事。我们再也没有机会经历一场新的战争了！再也不可能了。”

“战争真是美好啊！”塔拉巴斯说。

“战争真棒！”孔泽夫附和道。

“我们明天不会开拔，”塔拉巴斯说，“我们就说，将军让放假一天喝酒。让这些人明早六点就开始喝，明天晚上我们就能把他们押送走。”

“我们有四辆载重卡车，”孔泽夫确认道，“回去吧，上校先生！”然后他弯着腰，让自己矮下三个多公分，扶着塔拉巴斯上校走回了客栈酒吧。

“让我拥抱你一下，”塔拉巴斯在踏进客栈前说。孔泽夫却向前跨了一步,撞开客栈的门,站在门槛旁一动不动地,一直等着塔拉巴斯走进门,然后他立正,跨了一大步离开了房子,过了好一会儿还能听见他的大靴子在夜间院子地面上的踏步声。

塔拉巴斯又坐回了桌子边,一个人待在那里,面前排着一列酒杯,像亮闪闪的士兵一样。渐渐地,军官们一个接一个离开了客栈。每个人都不发一言地给上校敬礼。只有塔拉巴斯还留在桌子边,而吧台后边坐着克里斯蒂安颇勒。

很显然,塔拉巴斯上校不打算站起来了。克里斯蒂安颇勒挂在吧台上边的壁钟敲了一个钟头又一个钟头。这期间只能听到壁钟沉重坚定的嘀嗒声和院子里卫兵钉子靴底有规律的踏步声。只要塔拉巴斯上校拿起酒杯一仰脖,克里斯蒂安颇勒就心头一紧,并马上准备着续上一杯。比起不停喝着的塔拉巴斯,夜晚的寂静更让这位老板觉得害怕。因此,只要塔拉巴斯在喝,克里斯蒂安颇勒就会感到高兴。渐渐地,两个人都向窗外望去,向狭窄的四方窗框外繁星点点的湛蓝夜空看去。随后,他俩的目光相遇。随着目光相遇得越频繁,彼此就好像越信任。对,对,你这个犹太佬!塔拉巴斯上校的眼睛说。是的,是的,你这可怜的英雄!犹太人克里斯蒂安颇勒那只没病的眼睛说。

十四

天亮了。这是个晴朗的早晨,太阳在柔和的晨雾中慢慢露出了脸。克里斯蒂安颇勒先醒了,他在吧台后边睡着了,但已经记不得是什么时候睡着的。除了他,只有塔拉巴斯上校还在。他还睡着,鼾声如雷,头枕在桌子上交叉着的胳膊上。面前乱七八糟地摆着亮锃锃的空酒杯。他宽阔微驼的肩头随着沉重的呼吸起伏着。克里斯蒂安颇勒打量着沉睡的塔拉巴斯,盘算着自己敢不敢把他叫醒。吧台上的钟已经指向了八点半。克里斯蒂安颇勒回想起塔拉巴斯疲惫、柔和、通人性的眼神,这是他昨天深夜在塔拉巴斯上校酒醉后的眼中看到的。于是,他下决心走到桌子边,用手指轻轻地碰了碰这头恶兽的肩头。塔拉巴斯猛然跳起身来,显得挺高兴,是的,兴高采烈。他此前睡得很短,睡得不舒服但睡得很沉。现在觉得自己有了力气,已然全醒。他要了茶,叫来了勤务兵,伸出双腿,边喝边让勤务兵擦皮靴,他咬了口大块的黄油面包,让犹太人克里斯蒂安颇勒从墙上取来一面镜子,拿到桌子这边递到他眼前。“刮脸!”塔拉巴斯命令道。勤务兵拿来肥皂和剃须刀,塔拉巴斯把发红的脖子靠在硬椅背上。刮胡子的时候,他随意吹着欢快的口哨,张开巴掌在滚圆的大腿上打着拍子。早上的天空显得越发金黄明亮。“把窗户打开!”塔拉巴斯命令道。透过打开的窗户,秋日清晨天空的湛蓝一下涌了进来,可以听见云雀如在温暖早春时的欢快叫声,仿佛今年冬天根本就不会来一样。

塔拉巴斯走进院子时,发现少了中士孔泽夫和另外五个人,才想起今天有特别的事要发生,于是又从客栈的院子走了出来。他发现在科罗普塔唯一一条长长的主马路上有不寻常的动静。在那些小杂货铺前,犹太商人把东西都铺放在椅子、桌子和箱子上,有玻璃珠,假珊瑚,深蓝色、金色和银色的包装纸,长条形血红色的奶糖,惹眼的碎花布围裙,亮闪闪的镰刀,木把染成淡红色的大折叠刀和女式土耳其头巾。农民的小车像被绳子串着,一辆接一辆不紧不慢地在街上跑着。偶尔可以听到小马驹儿的叫声,还可以听到小车上动弹不得、后蹄被绑的猪冲着天或兴奋或痛苦地哼哼。“这里怎么回事?”塔拉巴斯问道,“礼拜五猪市!”勤务兵答道。“备马!”塔拉巴斯命令道。他心里不那么痛快了。礼拜五引起了他的反感,猪市也让他讨厌。要是他今天像往日那样步行去兵营的话,可能容易遇上什么意外。他很想在路过那些摊位时,顺手把小贩摆放的货物掀翻,让那些东西从高处的木制步行道滚到下边马路车行道中间，扔到来来往往的农民小车前。他感到自己心里窝了一大肚子火。礼拜五！他宁愿礼拜五骑马，把整个一天都踩在马蹄下。塔拉巴斯上了马，一步步来到了农夫小车中间，他不时地大声咒骂不及时避让的人，有时放肆地往没看到他来的农民的后脖子吐唾沫，有时又用皮鞭杆去挠一挠另一个人那张吓得变了色的脸。

到达兵营时，他第一眼就看到听话的孔泽夫已经把他的事做完了。兵营院子的墙边摆着两排啤酒桶和烧酒桶，这是今天一大早火车送来的，由五名忠诚的部下守着。部队在休息，军官们坐在新刨光的木板房里，这是塔拉巴斯来后当食堂用的，可以听到他们闲扯时发出的大笑。孔泽夫走过来，立正敬礼，没说一句话。这是他做的无声但却极有说服力的报告。塔拉巴斯明白他的意思，让他站着，自己继续往前走去。士兵和士官们或躺或蹲在地上。太阳照在院子光秃秃的地面上，越来越暖和，令人感到舒服。所有人都在等着，大家兴致不错，满足，喜庆。

大概上午十一点钟的时候，官兵们排着队取午饭，队列里的饭盒叮当作响。厨师用大马勺把厨房大铁桶里又热又稠的粥舀出来，啪嗒一声放入盛饭的饭盒。塔拉巴斯上校站在炊事车边上，大家一个接一个从他身边走过。他审视着这些人的面孔，想识别出哪些人有用，哪些人必须清除出去。对，塔拉巴斯想通过他们的脸鉴别这些人，但根本做不到！拉库柏将军才有这本事！在塔拉巴斯看来，今天所有人的脸都显得麻木、残暴、狡诈和阴险。打仗时情况就不一样了，一打起仗来可以很清楚地看出谁有本事。红头发的不算。可惜现在这群人里没有红头发，否则倒是个清晰的标记。塔拉巴斯上校会把所有红头发立刻剔除出队伍。

大家今天都吃得很急。有勺子的人宁愿把它收在靴子里。人们把碗端近嘴边，狼吞虎咽地吞下稠粥，然后拿起骨头就啃，啃完用力一扔，把骨头扔过兵营院子的围墙，这一切都是为了等下能快点得到此前说好的啤酒。孔泽夫张罗着一切。现在，中午教堂的钟声已经敲响，太阳变得炙热。就像变戏法一样，突然出现了无数种类不同的饮具，玻璃的、木制的、锡制的、陶土的，有大壶，也有小罐，士兵们急急忙忙地把杯杯罐罐扎成捆担在胳膊上，小心翼翼地拿过来放在酒桶前。过了一会儿，孔泽夫手一挥，酒桶塞子被打开了，啤酒沫伴随着众人的狂喜喷涌而出。吃饱喝足了的士兵们还像一群饿狼一样，胡子上沾着饭菜的残渣，嘴里聚起了欲滴的口水，脸上现出的近乎神圣的热情使他们变得不分彼此：大家都是军团的兄弟。他们挤成一堆，急吼吼地靠近酒桶。

牛饮开始了。盛酒的器皿不够用,被一圈圈传来递去,大家不耐烦地等着酒杯重新再传回来,四只手、六只手同时把杯子伸向取之不竭的酒桶塞前。大家喝着啤酒,白色的啤酒沫流出了杯口,渗入地下,留在士兵的嘴角边和胡子里,他们用舌头把啤酒沫舔进嘴里再咂巴一下。这绝对是充满恩典的一天中特别的恩赐。啊!这是怎样的一天啊!孔泽夫带着手下五个人来了,每人手里都拿着装满清澄烧酒的白铁皮壶,他们在这群乌合之众中间蹚出一条路来,挑选着,掂量着,按自己心情的好坏招待这些人。得到酒的报之以感谢的笑脸,没得到酒的则用失望怨恨的眼神盯着他们。一大口烧酒下肚,喉咙感到又辣又烧,便立刻再要一杯啤酒。不一会儿,有个身高力壮的大块头轰隆一声重重地摔倒在地,像被雷劈了似的。看来他再也站不起来了,酒沫子一滴滴地顺着嘴角流,嘴唇发紫,眼皮没有完全合上,还能看见眼珠下边蓝白色的边缘。他面部扭曲,但同时又一脸满足,残忍和愤懑的幸福全写在了脸上。谁要是喝高了,不一会儿就会被两个壮实的勤务兵抬起送到兵营外边。四辆大卡车等在营房大门外边。一辆车已经装满了一半。几个士兵像是包装好的超大个锡兵玩具一样,被整整齐齐地一个挨一个地放在那里。人们好心地给这些失去知觉的人支起一顶亚麻帐篷来。

显然,小心谨慎的孔泽夫低估了某些人无法克服的本能。有那么几个人,烧酒或啤酒也拿他们没办法。一片混乱之中,他们想利用这早就盼望的机会悄悄溜出兵营。这些人先是悄无声息蹑手蹑脚地走,离开兵营后,便胡乱地哼着小调,踉踉跄跄地绕道朝着小城科洛普塔方向走去。他们已经很久没有仔细看过这座城市了,因而对它抱有真切的思念之情。自从被诓骗进兵营并严加控制后,他们便对可怕的塔拉巴斯心生怨恨,并且一直对他怀恨在心。只有他忠实的部下才过得不错,他们对这几个人的憎恶甚至比对塔拉巴斯上校的恨还要强烈。有那么几次,心怀不满的人相约逃跑或搞一次公开的反抗。心怀不满的人!除了那些塔拉巴斯带到科洛普塔的死忠分子,谁又不是呢?他们所有的人争先恐后地入了伍,不再忍饥受渴之后,便开始向往起自由,向往起这个与苦涩、饥饿伴生的甜美姐妹来了。说是为一个新的祖国操练,可没人知道这个祖国是谁的,这样的操练毫无意义、傻里傻气、苦不堪言。而只要那些向往自由的人一策划,秘密就会卑鄙地(并且以一种无法解释的方式)泄露给孔泽夫中士。惩罚是可怕的。有的人被判处六个小时屈膝跪在兵营围墙狭窄的边沿上,被两个卫兵看着,一个人在围墙外边,另一个在兵营院子里,眼睛盯着,手中的枪上了膛,枪口对着被罚的人。在惩罚和折磨人方面,孔泽夫有着过人的天赋。他亲手把有的人犯的胳膊绑在长梯子的两个横木上,那个倒霉蛋就不得不在跑步、走路或检阅时一直扛着梯子。另一些犯事的人则必须全身披挂,扛着枪,连续十次不停歇地按照要求往返陡峭的石堤,这道石堤修筑在兵营最外边,石堤后边平常是士兵练习射击的场地。这么惩罚了几次后,密谋停止了,但人们心中的怨恨依旧,而且越积越大。

终于自由了。第一批从兵营偷跑出八个人,他们后面还跟着好几批这次并没有参加密谋的人。这顿酒好像让那些喝不倒的人眼睛变亮了。他们的身体虽然东倒西歪,脑子却不乱,人也清醒。没过多久,在孔泽夫和手下还没发觉好些人已经逃走时,逃出来的人就已经靠着醉鬼的触觉,摸黑来到了克里斯蒂安颇勒客栈的院子里。他们三三两两地走了进来,他们闯了进来。

客栈大门今天开着。隔了很久,科罗普塔的猪市又开集了。犹太人克里斯蒂安颇勒感谢上帝的垂怜。上帝的伟大体现在他的无法捉摸之中,更体现在他那玄妙莫测的宽宏仁慈里。用人的理智想不通的是,人们早就习以为常、为之高兴的猪市为何恰好在今天重新开张,这让克里斯蒂安颇勒满心欢喜。昨天还没有一个人会想到呢!但是,看看吧:如果说科罗普塔的猪市在长期关闭后又重新开张是上帝的意志的话,那周边所有农民也会一下子就知道了,而且,说不定连猪仔也都知道了。

当第一波期盼已久的农夫出现在白鹰客栈院子里时,克里斯蒂安颇勒便叫他的伙计菲迪亚把两扇大门都打开。许多年前,还是好光景时,门就是全打开的,那时候除了和蔼的警察,还没有拿枪的人踏进过客栈的门槛。是啊!天刚破晓,第一波农夫就来了,他们来得理所当然,好像他们上个星期才刚来过一样,好像战争和革命都不曾发生,新的祖国也没出现一样。他们穿着一闻就闻得出、味道很重、发黄了的没有纽扣的白羊皮氅,用深蓝色的皮带一扎,就来了。当这些熟悉的身影隔了很长时间再次出现时,犹太人克里斯蒂安颇勒忘记了那些不眠之夜,忘记了恐怖,忘记了他的客人、军官,甚至忘记了塔拉巴斯。对他而言,这些农民就像是第一批平安的使者,给他们带来了新的、完全重新建立起来的和平。正当克里斯蒂安颇勒怀着愉快和虔诚的心情,急急忙忙解开祈祷用的腰带要把它卷好时,先到的农民已经出现在客栈的酒吧里了。他赶忙鞠了躬,告别了刚祷告完的上帝,转身就忙着向客人鞠躬问候。啊!他们身上那么重的皮袄味多好闻!农民小车上被捆在草捆上的猪的哼哼声是多么动听!毋庸置疑:这是消失已久的美好和平的真正的声音。和平又重新回到了这个世界,歇脚在克里斯蒂安颇勒的客栈里。

像原先那样，犹太人克里斯蒂安颇勒让人从地下室取来大肚子小酒桶放在院子里，还在打开的大门外也放了几桶，让那些本来就已经准备痛饮的人喝得更带劲。克里斯蒂安颇勒心中充满了无限虔诚的感激之情。玄妙莫测的上帝虽然把战争和荒野抛给了世界，但现在他又让啤酒花和麦芽旺盛地生长起来，啤酒花和麦芽能酿啤酒，而啤酒是酒吧老板做生意的工具。那么多人在战争中阵亡了，但还有新的农民，爱喝酒的和把啤酒当水喝的农民成长起来，他们就像啤酒花和麦芽一样欣欣向荣地成长着。啊！仁慈的上帝！啊！美好的和平！

但是，正当虔诚的克里斯蒂安颇勒钦佩和赞美时，灾难已然悄悄降临，这是科罗普塔血腥的劫难，同时也是使强大的尼古劳斯·塔拉巴斯感到迷惘的灾难。

十五

塔拉巴斯上校那些留在克里斯蒂安颇勒“小库房”的忠诚部下装模作样地招待着这些逃兵，同时立刻给兵营里的孔泽夫中士报信，说那些烂醉的人还不知自己已经被重新看管起来了。塔拉巴斯上校此时早就和其他军官坐在棚屋里,想要把这个“礼拜五”和这莫名其妙一天中的骚乱忘诸脑后。孔泽夫中士向他报告了发生的事情,但塔拉巴斯上校已经什么都听不进去了。

此时,天渐渐暗了下来。这是礼拜五的晚上。科罗普塔的犹太人开始像往常一样准备安息日。克里斯蒂安颇勒也不例外。自从送走家人后,他就睡在厨房。现在他在桌子上铺好桌布,摆好蜡烛,想着妻儿,心头泛起一丝希望,希望他们不久就可以回到自己身边。猪市开集是和平重新降临、永久和平的标志,是个切切实实的标志。当然,前提是农民用来支付的这个新祖国发行的货币有真金实银的价值,就像原先好用的卢布一样,那今天的收入就会像战前那么可观了。克里斯蒂安颇勒开始归整那些躺在他抽屉里被揉成一团的纸币,把它们撸平,放进两个厚皮包的好些格子里。在他头上一点的架子边,秋天落日金黄色的余晖像往常那样映射着。外边的大马路上,院子里,农夫们已经开始准备归程。他们采买了料子、珊瑚装饰品、镰刀和帽子。这些人喝了不少酒,心情不错。新买的帽子盖在旧帽子上,脖子上围着围巾。卖猪的钱放在咖啡色的小皮袋子里挂在胸前。农民们虽说疲惫不堪,但心情不错,对自己也对即将过去的这一天感到满意。连鸡的喧闹都显得平和,心满意足的家禽在马路中间散落的干草里翻找着节庆集市落下的什么特别的食物，甚至连那些被解开锁链的狗，也只是在鸡鸭之间蹿来蹿去而没有乱叫，没有威胁那些小一点的动物。

纳旦·克里斯蒂安颇勒敞开胸怀迎接这完满的和平。礼拜五的一天正缓缓落幕，似乎正在走向神圣美妙的礼拜六。他想着明天晚上写封信给在奇尔比特科的老婆让她回家来。我的心肝儿！——他想这么开头——感谢上帝，我们从战乱中得以解脱，和平重新回到我们身边。尽管还有驻兵，但塔拉巴斯上校已经不像看起来那么危险了。相反，要知道他是个高级军官，不是野人。我觉得他不是个坏男人，他甚至畏惧上帝……

克里斯蒂安颇勒一边构思这封家书，一边准备为即将来临的安息日用小刀剪指甲。他不时地透过窗户向外边的马路望去，看看是否还有新客人走进客栈。突然，他的心都要停跳了。他竖起耳朵听到了手枪的六声枪响——天啊！他可是能够辨别出来是什么枪的声音！就在院子里，一枪接着一枪。所有和平祥瑞的声音：鸡鸭嘎嘎的叫声，农民兴高采烈的喊声，小马驹的嘶鸣和农妇的大笑声转瞬间就烟消云散了。克里斯蒂安颇勒从窗户向外望去，看见街上的农民张着嘴，在胸前画着十字，飞快地从本来已经坐好并且准备出发的车上跳了下来。刚才那突如其来的枪声好像也击中了这一天,天一下子就黑了下来。小酒馆对面玻璃匠努新的小房子里一片昏黑,尽管窗户开着。只有为安息日祈祷铺好的白色桌布散发着银色的光。

克里斯蒂安颇勒心中升起不祥的预感,临时决定越过这扇窗户逃离客栈。他爬出来到了马路上,急忙走向玻璃匠努新那蓝色的、坍塌的小房子。“他们在我那里开了枪!”他急急忙忙地说道,“千万别点蜡!锁上门!”

真的,有人在克里斯蒂安颇勒的“小库房”里开了枪。因为塔拉巴斯忠实的部下想当然地认为自己占有优势,而且他们期待着孔泽夫中士马上就会回来,所以他们又和那些兵营来的逃兵一起接着喝开了酒,但很快就疲惫地睡倒了,觉得什么事都无所谓了。渐渐地,原先塔拉巴斯的忠实部下对逃兵们伪装出来的同袍情义,变成了一种虽说是短暂虚假,但也还足以感人的兄弟之情。两边人都留下了许多虚伪的热泪。大家都醉了。

“我们开枪打打靶吧,只不过为了看看还能不能瞄准。”逃兵中最狡猾的一个人说道,他叫拉姆辛。

“好啊!”其他人也跟着说。

“咱们在墙上画几个好看点的靶子!”拉姆辛说。他从裤兜掏出粉笔,在小库房粉刷成深蓝色的墙上从上到下画了三排各式各样大大小小的人。拉姆辛手很巧,会摆弄各种戏法，比如魔术、变戏法之类的。这家伙身形高大干瘦，脸色发黄眼睛发黑，长鼻子歪向一边，一缕缕乌黑的头发自负地垂在额前；他两手很长，骨节突出，手指微弯，战友们一直都觉得他不是自己人。有人认识他两年，甚至更长时间，那还是在战场上。但他没有向任何人讲过自己是从哪个省或哪个州来。大部分人都曾把他当成乌克兰人，可眼下，他一下子就成了这儿的人，成了这个全新国家的人。这个国家的语言好像也是他的母语。他说起话来又流利又快活。

拉姆辛很快就用粉笔画好了，画得好极了，大家都觉得好。他们不再觉得累了，在拉姆辛背后挤成一堆，踮着脚尖看着画画的手上下翻飞。拉姆辛在深蓝色的墙上画出了正在捕老鼠的雪白小猫、把猫吓了一跳的发怒贪吃的狗，还有挥着棍子赶狗的男人。在下边的第二排，拉姆辛开始画三个显然正要脱衣服的女郎。事实上，在大家看来，虽然拉姆辛显得有点贪婪和急不可待，但他的笔法纯熟，边画女郎身上的衣服，边正好脱掉女郎的衣服，在创作那些女郎的那一刻，就把她们的衣服剥了个精光——这一过程让看客们激动，同样也让他们害臊。大家渐渐变得清醒起来，但随即又陷入了新一轮更疯狂的暴饮中。他们中的每个人都希望拉姆辛停笔，或画点什么别的东西，但同时又强烈地希望他继续画下去。他们的心在恐惧、羞耻、恍惚与期待之中乱扑腾。有的时候，所有的画像在这些人的眼前变得模糊起来，但他们随即又清楚尴尬地看到了影子、身体的曲线、乳头、腹部的清晰褶皱、光滑紧致的大腿和温存柔弱而又修长美丽的脚踝。男人们满脸通红，为了掩饰自己无可抗拒的极度窘迫，他们发出了各种各样、不知所措、毫无意义和厚颜无耻的怪叫。有的人吹着尖声刺耳的口哨，还有的人阴阳怪气地大笑。拉姆辛完成了魔鬼画作的墙面上现出了落日的最后一抹金黄。这面墙现在被染上了深蓝色和发红的金黄色，白粉笔画的人物像是被刻进了这两种颜色。

拉姆辛退后了一步。他开始画的第三排是拿着不同武器的德国兵、红军战士和各种标记，比如镰刀斧头、老鹰和双头鹰什么的。他突然停了下来，把粉笔往墙上一扔，粉笔碎成无数块落到地上。拉姆辛转过身来，身边站着乌克兰人科洛辛——塔拉巴斯的一个忠诚部下。拉姆辛从他皮带上抽出了手枪。“注意！”他说道。所有人站在了边上。拉姆辛一直退到敞开的门，瞄准并开了枪，先后命中最上边一排的六个图像。大家鼓掌叫好，穿靴子的脚跺着地，嘴里喊着“乌拉！”和“拉姆辛万岁！”。接下来，每个人都急忙去找武器。塔拉巴斯的忠实部下先是自己开枪，然后把枪交给陌生人。所有的人都开起枪来，但没人打中。“施了魔法了！”有个人说。“拉姆辛给他的画下了咒！”真是见了鬼了。

就连那些枪法好的,手和眼睛向来都有准头的人,这次也射得要么过高,要么过低。他们在试射了几轮后,觉得好像有种看不见的力量在子弹出膛时碰了手枪。现在又轮到拉姆辛开枪了,又是一枪命中。他没比别人少喝。大家也都看到他喝了酒,而他的手怎么就比所有其他人的手有准头呢?拉姆辛瞄准,开枪,命中。对,就像被某个来自地狱的命令所驱使似的,他还询问同伴该射什么更具体的目标,他自认能够百发百中。这些询问唤醒了大多数人内心强大的破坏欲,这是性欲冲动的需要,大家想看到那三个越来越裸露的女人身体的某个特定部位被击中、被毁灭的样子。当拉姆辛第一次问应该瞄准什么时,没人搭腔。渴望和羞耻扼住了他们的咽喉。拉姆辛鼓励大家说:“中间第三幅画左边乳房,第二个女人?”他问道:“或者衬衣的下摆?踝骨还是奶头?”“脸?”“鼻子?”渐渐地,大家觉得不能再避而不答这些问题了,这些问题直击他们掩藏在内心的欲望,其准确率似乎高于这位优秀射手射击画面的眼力。拉姆辛下流的问题唤醒了下流的回答。拉姆辛开枪射击,而他每次都能命中大家起哄呼喊的目标。

渐渐地,院子里站满了好奇的农民,他们被兴高采烈的枪声和放肆的大笑声所吸引,但还完全摸不着头脑。于是所有农夫现在都离开了本来准备好要回家的小车。他们站在那里，张着大嘴，瞪大眼睛，竖起耳朵。为了能看清楚到底是怎么回事，他们前推后搡伸着脖子往前挤。这时，已经射过三个弹夹的拉姆辛突然喊道："给我换支步枪来！"有人递上来一杆步枪。他又开了一枪。枪声还没散去，众人便齐声高喊。蓝色的石灰墙上，画着拉姆辛最后四幅下流画作的一大块墙皮脱落了，从墙上掉了下来，爆裂后摔成碎片和尘土。这下在看客们睁开的眼前呈现出来的可是货真价实的神迹：在龟裂的墙体上，在落日金黄色的余晖中，在刚才拉姆辛画下流画的地方，出现了神圣可亲的圣母容颜。上帝啊！大家先看到了圣母的脸，接着看到了圣母的半身像。在她黑色的巨大浓密的发冠上，戴着一个银色半圆的冠冕。她那热情的黑眼睛似乎看着这些男人，眼神中流露出不可名状的痛苦、姐妹般亲切的慰藉和孩子般的好奇。在红宝石色衣服的领口中隐隐可见象牙色的肌肤，可以想象那美丽慈祥的乳房正在给圣婴喂奶。这一天的太阳似乎想在空中比往常多留一段时间，落日的余晖将被发现的圣母像染得微红和金黄，这对在场的人而言无疑是个真真切切的奇迹。突然，人群中有人开始用热情深沉而且明亮的嗓音唱起歌来："玛利亚，赞美玛利亚。"数百年来，在这个虔诚的国度里，这首歌广为传播且深受喜爱，在人民的心中生根发芽。同时，就像被令人敬畏的上帝的闪电击中似的，所有的人,无论是小小的农夫还是强大的士兵,无论是逃兵还是塔拉巴斯忠诚的部下,都屈膝跪在地上。他们醉得一塌糊涂。他们觉得身子开始飘起来的时候,其实刚刚跪了下去。他们觉得肩头被按住,被来自上天的力量按了下去,旋即又被提上了天。他们的腰弯得越低,灵魂就越容易得到升华。他们用五音不全的嗓音和别人一起唱起来。当夕阳的余晖在墙上缓缓消失时,人们唱了所有赞美圣母的歌。很快,大家就只能看到圣母额头上还留有最后一抹金黄色的夕阳余晖,这一抹余晖变得越来越细。现在,影子里就只剩下圣母柔和的容颜和领口露出的象牙色胸脯。红色的衣服与晚霞融为一体,消失在徐徐落下的夜幕中。

人们都朝前向神迹显现的地方涌了过去。很多人从刚才跪着和趴着的地上爬了起来。有的人还不敢站起来,他们有的趴着,有的跪着,断断续续移动着、蹭着前行。每个人都心怀恐惧,担心神迹就像突然出现一样,也会很快消失。大家都试图尽量靠近神迹,想用手去摸摸。他们不幸的内心渴盼这样清晰的神迹已经多久了?许多年来世界上只有战争!现在所有人都唱着在教堂和学校学过的圣母玛利亚赞歌,有的站着,有的趴着,有的跪着,向墙上的神迹靠近。今天最后一抹夕阳一下子就消失了,好像被一只无耻的手抹去了似的。胸、脖子、脸庞那妩媚的象牙肤色和银色的桂冠，现在又成了苍白的污渍。那些挤到墙边的人站了起来，伸开双手，想去摸一摸圣母。“住手！”后面有个声音喊道。这是拉姆辛。他在一群跪在地上的人中间挺身而出，大声说道：“住手！别碰那幅画！这间屋子是教堂。你们看到出现图像的地方曾经是个圣坛！那个犹太老板把圣坛弄走了。他玷污了这座教堂，用蓝色的石灰把圣像给涂了。祈祷吧，兄弟们！忏悔吧！这里应该重新变成一座教堂。犹太人克里斯蒂安颇勒也要在这里忏悔。我们要把他抓到这里来。他躲起来了。我们会找到他的！”

没人搭腔。现在夜幕已经完全降临。强劲、寒冷、深蓝色的夜晚从酒馆开着的门涌了进来，加剧了可怕的沉默。原先蓝色的墙几乎变成了黑色。能看到的只是一块断断续续、灰白色、参差不齐的墙皮，再就什么都没有了。那些跪着和趴着的人站了起来，动作有些迟疑，好像他们先要把自己的四肢从绑缚中解放出来似的。一种连他们自己都不知道怎么来的狂怒，正在苏醒并在心中变得强大起来。这种狂怒早在他们的孩童时代就已沉积心中，融入血液，流经全身血管，受到今天喝下的酒精的滋养，又被刚才经历的神迹所刺激和鼓舞。几百个乱糟糟的声音嘶吼着，要给温柔、甜美、受到亵渎、遭受侮辱的圣母报仇。谁亵渎了圣母？谁用廉价、蓝色的石灰涂抹了圣像？谁把圣像掩埋在灰浆和烧酒的气息里？犹太人——这些古老的幽灵，以成千上万种形态遍布在这个国家，到处生根。他们令人捉摸不清，无数次被消灭，但又死而复生，比刚刚结束的这场战争中所有可怕的东西加起来还要可怕：这就是犹太人。而当下这个犹太人就叫克里斯蒂安颇勒。“他藏到哪里去了？”有个人问，其他一些人大喊：“他藏到哪里去了？”

那些看见了圣母像的农民，不再想着今天还要回家。就连那些仅仅是听说了这个神迹的农民，也开始卸下套在小马驹身上的挽具，赶着马儿去克里斯蒂安颇勒的院子。他们觉得有必要留在发生这件天大事情的现场。慢慢地，他们用自己小心探究、仔细琢磨的脑袋接受了这一神奇的消息。他们迟缓的脑袋把这件奇事翻来覆去地咀嚼着，怀疑着，又立刻感到了欣喜。他们胸前画着十字，感谢着上帝，心中充满了对犹太人的痛恨。

犹太人克里斯蒂安颇勒会在哪里？几个人去小酒馆里找他，可在吧台后边只找到了伙计菲迪亚，已经喝醉昏睡过去很久了。大家翻遍了军官们下榻的客房，掀起床，打开箱子。在客栈前和客栈里聚集着人群。是啊，就连那些正要上路回家的农民，都返回来要亲身经历这一奇迹。当他们赶着小车带着自己老婆孩子停在客栈前时，好像已经不是为了朝拜大慈大悲的圣像，而是为了报复那个亵渎圣母的犹太人,因为比最热切的信仰还要炽烈的是憎恨,这种憎恨像恶魔一样偏执。那些农民好像不仅目睹了神迹,而且还能真真切切地回想起那个犹太人玷污圣像,用蓝色石灰覆盖圣像的每个细节。与他们复仇愿望交织在一起的还有另一种含糊的感觉,是觉得自己有错,由于他们的漫不经心纵容了这个犹太人无耻的行径。对他们而言毫无疑问的是:当初自己一定是被魔鬼蒙蔽了。

农民们下了车,手里拿着各种武器,鞭子、短棍、新买的长柄大镰刀、镰刀、刀子。正好这时候犹太人穿着节日服装从犹太教堂走出来,他们几乎都是些白发苍苍的老人和残疾人。农民冲着这些人迎面走了过去。在这些强壮、愤怒和拿着家伙的农民眼中,犹太人的那些弱者,那些正在度过安息日拖着脚步无助地向家走去的白发老人和残疾者特别危险,比健康、强壮、年轻和武器还要危险。对! 这些犹太人弯腰弓背,穿着深色开衩的庄重长袍,低着头,迈着不均匀的小碎步向前小跑。只要他们一路过昏暗的煤油灯,灯光就把他们晃动的身形投射在马路中间的某个地方。就在这晃动的影子里,农民们确信清楚地看出这个民族的化身,他们以做生意、放火、掠夺和盗窃为生。这群蹒跚可怜的犹太人看到了,也更多地感到了即将降临的不幸。不过他们仍向着可能的不幸蹒跚走去,一半是因为对自己刚刚在礼拜堂里赞美过的上帝的崇信,对他熟悉,对他信任(太熟悉,太信任了);另一半则是因为被残酷的大自然的弱肉强食搞得麻木了,因而受到强者暴力的欺凌时更是觉得跑也跑不掉。走在第一排的有个叫派斯特纳克的农夫,仪表堂堂,长着浓密灰白的髭须,手里拎着皮鞭。他是科罗普塔郊区的一个富农,因此备受尊敬。他走到这群犹太人跟前,扬起鞭子,把沉甸甸的打了好几个结的皮鞭嗖嗖嗖地在自己头上甩了两三下,憋足了手劲,朝黑压压的犹太人抽了过去。他抽中了好几个人的脸。几个犹太人喊了起来。这群无助的人停下站在那里。有几个人试图挤到小房子的墙边,借着阴影偷偷溜走。其他人则从一米来高的木制人行道跳到马路中间,径直撞到了农民的脚下。农民把他们举起来,抛到空中,几十条张开的手臂接住在空中打旋的犹太人,一而再再而三地把他们抛到空中。夜空明朗,在繁星密布的淡蓝色天穹下,穿深黑色袍子的犹太人被抛了上去,又掉了下来,就像夜间出没的罕见大鸟。人们可以不断听到犹太人短促的尖叫,而回答他们的则是施虐者咆哮的大笑。这儿或那儿,正在等人回家的犹太女人害怕地打开百叶窗,又飞快地关上。“所有犹太人都到克里斯蒂安颇勒的院子里下跪祈祷!”有个声音喊道。这是拉姆辛的声音。派斯特纳克用鞭子驱赶着人行道上的犹太人。人们把这些犹太人挤在中间,赶进了克里斯蒂安颇勒的客栈。

出现神迹的“小库房”里点着两支蜡烛。两支蜡烛粘在一块木柴上,摇曳闪烁着照亮了圣母像。所有士兵连同塔拉巴斯上校忠诚的部下都跪在火光前,唱着,祈祷着,在胸前画着十字,弯腰匍匐,额头触地。那些不断更新的蜡烛(没人知道这些蜡烛是哪儿来的,好像所有的农民都带着蜡烛似的)投下的阴影比光亮多。庄严肃穆的黑暗笼罩着“小库房”,两支蜡烛形成了两个黑暗的亮核。室内有便宜的蜡脂味、汗味、皮子味、羊皮的酸味和人们张口呼出的热气味。夜幕中,在昏沉沉的或明或暗的烛火光影里,圣母美丽柔和的面庞似乎一会儿在流泪,一会儿又露出慰藉的笑容。她仿佛活在超凡与庄严的真实之中。当农民们押着那群穿黑袍的犹太人进来时,拉姆辛喊道:“给犹太佬让块地方!”跪着和趴着的人闪出一条通道来。在把这些可怜人一个个或三三两两地推搡着往前走时,有的农民中断了祈祷和静默,向犹太人吐起了唾沫。犹太人越靠近神迹,他们黑色的长袍就越频繁越猛烈地被人吐上唾沫。很快,长袍的长袖上就沾满了银白色的唾液和黄痰——这是头脑疯狂的家伙做出的令人毛骨悚然而又令人费解的举动,既可笑又可怕。人们强迫犹太人跪下,他们跪了下去,面带惶恐与无助四下里张望,想看看哪儿还会有更大的危险。当他们心惊肉跳地看到蜡烛和被烛光映照的神迹时，试图把头别过去。就在这时，拉姆辛在后边突然一声断喝："唱!"信众大概是第五十次唱起"万福玛利亚"了，犹太人已经吓得心如死灰，他们绷得紧紧的喉咙发出了可怕难听的音调，就像从破手风琴发出来的声音似的，和"万福玛利亚"的曲调完全不搭界。"趴下!"拉姆辛命令道。顺从的犹太人把额头贴在地上，手上还抖抖索索握着自己的帽子，仿佛这个他们信仰的最后象征，也会马上被人剥夺一样。"站起来!"拉姆辛指挥着。犹太人站了起来，心中还怀有一丝可笑的希望，以为自己马上就能从当下的苦难中解脱出来。"来！兄弟们!"拉姆辛发出了可怕的声音，"我们送他们回家!"

大多数祈祷的人离开了发生奇迹的地方。穿军装的人和农民手拿鞭子、棍子和镰刀，驱赶着一小群犹太人穿行在昏暗灯光照着的夜路上。大家冲进每间小房子，熄灭烛光，然后命令犹太人再点亮，因为他们知道，犹太人的律法是禁止在安息日生火的。有的农民从烛台上取下点着的蜡烛，把烛台藏进大衣外套下边寻开心，把蜡烛凑近每一件偶然到手的可燃物品，把它们点着。于是，桌布、窗帘和床单很快就燃烧起来。犹太人的孩子发出凄惨的喊声，犹太女人撕扯着头发，喊着自己男人的名字。在施虐者眼中，这些名字听起来都很好笑，特别难听，逗得他们眼泪都笑了出来。

还有好几个人在学孩子叫和女人哭。空气中弥漫着疯狂的暴乱气息。几个被拖来的犹太人幼稚地想躲进自己熟悉的房子里,但他们很快就被抓住,被痛揍。“你们的老板在哪儿?那个叫克里斯蒂安颇勒的?”不时有些声音在咆哮着。尽管嘈杂声巨大无比,但在震耳欲聋的混乱之中,这个可怕的问题依然可以听得真真切切。所有的犹太人,连同他们的老婆和孩子,都在人声鼎沸中争先恐后地发了神圣的誓言,说自己真不知道克里斯蒂安颇勒在哪儿。但这个回答却引来了更多的甚至加倍的可怕质疑。“我们会让你们说出来的!”人群中的一个人喊道。这是一个士兵,这家伙身强力壮,他有着宽宽的肩膀,小小的脑袋让人联想起一个小核桃仁,像一棵粗壮的树干结了个可怜的小果儿。他拨开人群,来到一个年轻的犹太女人面前。这女人有着黝黑美丽的脸庞,一双无辜的、被吓坏了的金褐色眼睛睁得大大的,头上裹着一条白色闪亮的丝质头巾。士兵们远远地就被她所吸引和诱惑,对她是又爱又恨。这个年轻女人被吓呆了,连躲都没有躲。“这就是他老婆,那个无赖克里斯蒂安颇勒的老婆!”士兵喊道。一种无法言明的畜生般的欲望点燃了他那张毫无生气、光光的小脸。他举起一根短木棍,劈头打在女人的头巾上。女人当即翻倒。所有人都喊了起来。血从银白色丝质头巾中流了出来。这是今天第一次流出来的血，好像这鲜红的血才为众人麻木的怒火赋予明确的意义和特定的方向似的，其他人内心那无法抑制地去打、去踹的欲望也被唤起。他们看到浸了血的红头巾就在眼前，就像流血的瀑布一般涌动着。他们抄起手上正好拿着的家伙，朝前面和身边的大人、孩子和物件砸去。

当孔泽夫从兵营带着一小队士兵到达这里时，立刻就看出自己这点人没法平息这么一场规模巨大的骚乱。他一边急忙给塔拉巴斯上校送信，一边用不同的语言轮流向这群人喊话，时而威胁他们，时而劝他们冷静。农民和士兵已经完全陷入了癫狂，根本听不进任何理性的呼声。他们只是模糊地觉得自己面对的是维持秩序的武力，这也就是敌对的武力。于是他们准备予以同样有力的回击。那些他们刚才用来打人的东西，现在被当成武器扔向了孔泽夫和他的小部队。没有塔拉巴斯上校的允许，孔泽夫不敢下任何决定性的命令。他暂时后撤，把手下的几个人分散到马路的两边，守着那些还没有被毁掉的房子。人群虽然没有继续往前走，却更凶狠地殴打剩下的犹太人，殴打被他们圈在中间的人。有的地方的房子已经蹿出了蓝色的火苗。痛苦的叫喊与哭号从窗户和门里传了出来。孔泽夫等得不耐烦了。塔拉巴斯上校随时都该到啊！

这时，孔泽夫派出的士兵自己回来了。他还报告说所有的军官在棚屋改建成的餐厅里都是半死不活的，现在就连塔拉巴斯自己也和这些人没什么两样，也许他的状况比其他人还要糟。根据厨子和勤务兵的报告，昨天晚上他们好像吵了起来。过去曾指挥过火车站的那个老少校利布丁现在还不想离开军队，他对塔拉巴斯上校嚷嚷，说这样毫无意义的滥饮在旧沙俄军队里根本就没有。俩人就这么吵了起来。据说塔拉巴斯让所有不满意的人就地离开新组建的军队。于是军官们就动手互殴起来，连塔拉巴斯也动手了。但后来所有人又莫名其妙地言归于好了，好像还重新燃起了痛饮的兴趣。

孔泽夫中士决定重新集合起他的一小队人马，上了刺刀向人群逼近。他不知道那群人里有其他士兵，而且当中几个人身上还一直带着刚才射击拉姆辛图画用的手枪。这些人痛恨孔泽夫中士，忘不了他所做过的一切。他们认出了中士和他的声音，于是在拉姆辛的鼓动下开火了，向孔泽夫寻仇。他们把农民驱赶到两边，自己冲出来，站到人群最前面。孔泽夫下令前进时，拉姆辛开火了，逃兵也跟着开了枪。孔泽夫手下三个人倒了下去。他自己意识到了危险，但为时已晚。在他下令“开火”前，拉姆辛和逃兵先开了枪，把剩下的子弹都打了出去，醉酒的农民发出了一片胜利的欢呼。

三四盏昏暗的油灯照着夜间的马路，随着时间的推移，越来越多犹太人的小房子里蹿出了火苗，投射出飘忽短促的光影。这时爆发了短促激烈的打斗。作为老兵的孔泽夫中士立刻就预见到了结局，知道手下这点人根本挡不住一帮愤怒的群众。他心中感到羞耻和痛苦，想到自己是伟大俄国军队最无畏的士兵，而等待自己的却是这么一场可耻斗殴的可耻结局。许多士兵，那些优秀的敌人，奥地利人和德国人，都被他用这双勇敢的手干掉了。因为无路可走，也因为对主人塔拉巴斯上校的忠诚，他来到了这里。这个新的国家和他有何相干？见鬼了，这些科罗普塔的犹太人和他有什么相干？——唉！对一个经历了伟大战争的老兵而言，这算是什么结局啊！所有这些念头电光火石般地闪过伟大的孔泽夫的脑海，与此同时，他那有条不紊的军事素养，仿佛是他那非同寻常的天生的大脑一样，迫使他采取了所有应对这种可怕局面的必要措施。勇敢的孔泽夫左手拿枪，右手提着沉重的弯刀向周围狂喊乱叫的农民和他的死敌——那些逃兵，又砍又射，四面出击。他比团团围住自己的一群暴徒整整高出了一个肉滚滚的大脑袋。他浑身都疼，雨点般落下的拳头把他撂倒在地。突然他感到了脖子上的刺痛，血肉模糊的眼睛还能认出拉姆辛来，这家伙手上举着一把普通农民用的小刀。“你这狗崽子，”拉姆辛吼道，

“狗娘养的！”在死神降临前最后的清醒瞬间，孔泽夫明白了自己即将迎来耻辱的末日。一把农民的小刀抹了他的脖子，这是一个卑鄙的强盗，一个逃兵干的。痛苦、羞耻和憎恨扭曲了他的脸。孔泽夫摔倒下去，先是跪了下来，然后张开了双臂，大家给他空出了地方。他已经没有力气以手撑地，便直挺挺地摔了下去，脸朝下，一头摔在马路中间的烂泥和垃圾里。血从他的脖颈里喷涌而出，浸透了衣领，渗入泥泞的大地。人群用打了钉子掌的靴子踩踏孔泽夫和其他士兵的身体。有的人伤了自己，有的人被别人弄伤了。但他们自己流的血丝毫没有使他们变得平和，看到周围别人的血反而使他们更加癫狂。同样，这场短暂的打斗不但没有使他们感到疲惫，反而使他们荒唐的怒火烧得更旺。他们的血盆大口发出了罕见的有规律的，几乎是严格押韵的野蛮呼声，里面有抽噎、号啕、痛哭、欢呼、大笑和流泪，也有动物发情和饥饿的叫声。忽然，一个士兵拿来了一把火炬。他在棍子的顶端卷了张桌布，打破了一盏昏暗的油灯，把卷好的桌布浸满了煤油点着了。接着他把火炬在众人头上挥了挥，然后靠近木板房低垂下来的干燥房顶，把房子点着了。很多人有样学样，于是慢慢地，科罗普塔的整条主干道都烧了起来。街道两边的房顶蹿出来的调皮欢快的火苗使人群高兴得几乎忘记了犹太人的存在。他们虽然一直还拖拽着那些踉踉跄跄走着，不时跌倒在地又被用力拽起来的可怜人，但已经不再对他们拳打脚踢了。有人甚至开始劝慰和安慰他们，让他们看那些刚刚造出的令人毛骨悚然的美景。“看呀，看呀，火苗！”有人说。“看，看，在这儿，我的伤口！”有的人说。“挺疼的，看到没？”另一个人说。渐渐地，人们习惯了犹太人。在这么长时间折磨了他们之后，犹太人成了整个欢呼队伍中不可或缺的一部分。无论如何都不能少了这些犹太人。而对犹太人而言，温和的言语和轻柔的对待比殴打和羞辱更可怕。在他们看来，轻言细语之后随之而来的肯定是更可怕的折磨。只要一只温和的手靠近他们的肩头，他们就像要挨鞭子似的缩成一团。他们看起来就像一小撮精神错乱的人，在一群残暴和危险的人中间，他们表现出的是一种特别麻木、特别虚弱、特别胆怯的神经错乱。他们看到自己的房子在燃烧，他们的老婆、儿孙可能已经死了。他们本来想祈祷，但不敢发出哪怕是一点点声音。为什么上帝这么严厉地惩罚他们？四年来，上帝把一个又一个苦难降临在科罗普塔的犹太人头上。沙皇，古老的法老已经死去，一个新法老在应许之地埃及复活了！是啊，这虽说是个全新的、小一点的应许之地，但一个残忍得多的埃及已经复活。有时候，犹太人会发出透不过气来的叹息声，听来就像暴风雨来临前海鸥嘶哑可怕的叫声。

兵营的守卫们听到了枪声。塔拉巴斯留在克里斯蒂安颇勒“小库房”的人也听到了。这些人被酒精、神迹、祈祷和赞歌搞得醉意醺醺,现在突然从中醒了过来。他们害怕了。这是军纪严明的士兵才有的恐惧,这是对自己军人良知的恐惧和对塔拉巴斯可怕惩罚的恐惧。逃兵们拿走了一部分他们的武器。“小库房”里的士兵面面相觑,责备地、恐惧地对视着。他们自知有罪,一个个垂下了眼睛。现在他们从宿醉中醒了过来,虽然还能回忆起这奇怪而可怕的一天的所有经过,却怎么都不能给自己陷入的这个可怕的魔咒做出一个解释。圣母像前,无数残蜡还在燃烧并冒着烟,但圣母像已经不见,好像又消失了,被晨曦所吞噬。“太可怕了,”终于有人开口说了一句,“我们必须回兵营,让他老人家知道发生了什么。谁敢?”——众人沉默不语。“我们一起去!”另外一个人说。他们熄灭了摇曳的蜡烛,离开了“小库房”。他们看到了火光,听到了嘈杂的人声,小步跑了起来,绕过了主要大街。他们踏进兵营时,整个团已经整装待发了。塔拉巴斯刚刚坐了起来。“立刻归队!”他对这些人喊道。他们跑进屋子,找出几把留下来的步枪,在列队完毕的队伍中各自找到了空余地方插进站好。有几个军官(不是所有的)还算腿脚利索。常规的命令得到了执行。这个人员大减的团向城里开拔了,按照军事条令规定,塔拉巴斯手握抽出的军刀,骑马走在队列的最前边。部队直接挺进到主干道上。强大的塔拉巴斯上校距离他的一连有二十来步,脸被火焰映得通红,看起来十分可怕,连癫狂人群的喧嚣都沉寂了下来。“后退!”塔拉巴斯断喝一声。所有人驯服地开始后退,然后转过身去,好像突然意识到这么退步走不如转身跑才能尽快逃离危险的塔拉巴斯,逃离他身后火光映射中数不清的寒光凛冽的刺刀似的。大家也不管犹太人了,他们早已把犹太人忘在了脑后,只顾自己狼奔豕突地逃命。犹太人像被绑在一起的黑色线团似的丢在了马路中间。他们预感到快得救了,但同时也知道,这来得太晚了。他们完了,彻底完蛋了。他们一动不动地待在原地,让救星把自己踩死踏烂。他们心如死灰,如寒冰。他们已经感觉不到身上的伤痛。木制人行道上的一些地方也已经起火,女人和孩子靠两边站着,背后是燃烧着的小房子。他们不喊不叫了,连孩子都不哭了。“前进！前进!”塔拉巴斯命令道。在他面前,黑压压的犹太人跑向两边,女人和孩子的鞋底踩在木板上嘎嘎响。整条街道被肃清后,士兵们开始从燃烧着的房子里抢救还能抢救的东西。大家竭尽全力去灭火,但既缺水又缺桶。已经没法灭火了,于是就把东西的外壳、石头、烂泥丢进火里,胡乱地从小房子里抢出桌子、床上用具、灯台、灯、罐子、支架、秤、面包以及各种食物和家什。

人们用脚踩灭人行道上摇曳的火焰。灭不掉的,就随它去烧。人们试图用刺刀、马刀和枪托把木瓦片拆下来,把墙推倒,踩灭燃烧着的床单。一个小时之后,在科罗普塔只能看到淡蓝色蹿来蹿去的火苗、黄色的火焰、完全或部分烧毁的房子的红色余火,以及笼罩全城令人窒息的青灰色烟雾了。士兵们疲惫不堪、一动不动地倒在或蹲在街头,茫然地等着天亮。幸亏起风了。在科罗普塔少数几幢未受损的建筑里仅剩一幢还有人,这就是"白鹰"客栈,就是那个已消失了的犹太人克里斯蒂安颇勒的客栈。在院子和酒馆里,在宽敞的客房和地下室里,到处挤着犹太人和农夫。恐惧、疲惫、酒精、昏眩和疼痛使一些人昏睡过去。农民和犹太人挨着躺在一起,看不到士兵了。逃兵在拉姆辛的带领下已经离开了科罗普塔。孩子从梦中惊叫着哭醒,女人们抽泣着。有的犹太人蹲在那里,已经没有站起来的力气。他们低声祈祷吟唱,上身随着古老曲调的节拍轻轻摇晃。

天亮了,这是一个晴朗的早晨,预示着这个多事的晚秋中再平常不过的金色秋日的到来。首先醒来的是头还晕乎乎的农民。他们叫醒了自己的女人,然后走出去看自己的马和车。他们缓慢艰难地想起了昨天晚上的火灾,记起了打斗、神迹和犹太人。他们走进"小库房",看吧:圣母的神像还在墙上,前边堆着无数木柴,上边粘着烧尽的蜡烛头。

这一切的确是真的。圣母柔和的面庞在模糊的晨曦中没有丝毫变化,依然微笑着,流露出慈祥和伤感的神情,她身上的象牙色透过血红色长袍熠熠放光。她的善良、痛苦,无尽的悲哀、极端的美丽都比这个清晨,比初升的太阳,比对昨夜血与火可怕的回忆还要来得真切。在这幅圣母画像前,对昨晚发生的所有一切的回忆都消失了。也许这个或那个农民的心中已有悔意被唤醒,但他们觉得一切都已得到了宽恕,因为他们已被允许瞻仰这迷人的面容。

不过,他们是农民,想着的是自家的农庄和院子,想着猪仔和系在脖子上袋子里的钱。他们必须回家,回到周围的村庄。他们很着急,比平时着急两倍甚至三倍,因为他们要急着回去对留在家里的兄弟们讲述科罗普塔的神迹。与此同时,他们也估计到,塔拉巴斯上校的军团对他们来说还是个威胁,这个团昨天把他们赶跑了。他们上了自己的小车,抽打着小马赶回附近的村庄。

当尼古劳斯·塔拉巴斯上校踏进克里斯蒂安颇勒的客栈时,只看到了呻吟的犹太人,他面对的是一张张绝望的、哭得红肿的、受尽折磨的脸,是一双双祈求的手和流露出莫名恐惧与痛苦的眼神。塔拉巴斯命令这些人离开客栈,躲到尚未受损的房子里,没有新的命令,就待着不要动。这些犹太人令塔拉巴斯感到可怜,所以他作出保证,只要犹太人安安静静地把自己锁在家里，他就让士兵守着他们。于是犹太人走了。

几个军官来了。塔拉巴斯和他们一起去“小库房”看神迹。他们在圣母像前脱下帽子。塔拉巴斯的士兵报告了拉姆辛如何开枪射击那些无耻下流的图画，石灰下边的圣母像又是如何突然显现出来的。塔拉巴斯画着十字。最初的一刹那，他还真想下跪。但他脑子里飞快地思考着过去这一夜发生的事情，想到盲目信仰造成的可怕后果，觉得有责任采取理智的态度。他后边站着军官。他感到羞耻。他一定不能动，免得暴露出自己盲目迷信的冲动。他又画了一个十字，掉头走了。

按照塔拉巴斯的看法，老板克里斯蒂安颇勒肯定还藏在客栈的什么地方，于是命令仔细搜查客栈的每个角落。就在这时，有人把昨夜被杀的士兵抬进了客栈。一共死了五个人，中士孔泽夫也在死者中间。“把孔泽夫抬到我的房间去！”塔拉巴斯上校命令道。

接来的几个小时，塔拉巴斯下达了几道命令，让人电话联系首都，联系拉库柏将军。然后他走进自己的房间，插上门，坐在床边。床上放着死去的孔泽夫。

第二部　践约

十六

现在，塔拉巴斯和死了的孔泽夫单独待在一起。有人已经给中士洗干净了脸，清除了军装上粘着的血迹和污泥，还把长靴刷干净，并梳理了他厚实的八字胡。军刀和手枪分别放在孔泽夫的右边和左边，双手交叉着放在肚子上。这双手强壮多毛，粗大的指甲上有皲裂。军人棱角分明的脸上呈现着逝者的祥和安宁，而塔拉巴斯上校的脸上却写着心不在焉、烦躁不安和苦涩愤恨。他心想，要是能号啕大哭，能狂喊乱叫就好了。可他哭不出来，这位塔拉巴斯上校。他看到中士灰白的双鬓，用手去梳理了一下，但立刻被自己的柔情吓了一跳，又把手缩了回来。他想起了吉卜赛女郎的预言！他现在还没有任何变为圣徒的预兆。这些愚蠢的话语，早就被埋没在恐惧的阴影里，被浸入到流淌的血泊之中，就像在纽约的那些岁月，就像那个酒吧老板、姑娘卡塔琳娜、堂妹玛利亚、父母和家里的房子一样，沉没了下去！他试图不把眼前出现的这些场景叫作回忆，也就是说，他试图剥夺这些回忆的力量。他想赋予那些让他感到难堪的念头一些无关痛痒的名头，好给这些念头打上已经成为过往，既不重要也不危险的标记，好让它们迅速消失，如同它们曾经迅速出现过那样。孔泽夫是他最得力的手下，他试图在孔泽夫之死的悲痛中完成自我的救赎，为死者复仇的欲望升腾而起。他痛恨这些犹太人和这些农民，痛恨这座叫科罗普塔的城市、这个团和整个新建立的国家，痛恨生出和造就这个国家的和平与战争。天啊！——塔拉巴斯多么快就作出了决定——他要建立秩序，然后就撂挑子不干了，他要告诉那个小个子拉库柏将军一些话粗理不粗的实话，然后一走了之！一走了之！但去哪里呢，强大的塔拉巴斯？还有美国吗？还有父亲般的那个家乡吗？哪里是家？这个世界上哪里还有战争？

其实正如大家所见，塔拉巴斯心里是一团乱麻。这时，锁着的门外传来了传令兵的声音，将塔拉巴斯从混乱的思绪中拉了出来。手下报告说拉库柏将军将在二十分钟后来电话，让上校现在就去邮局。塔拉巴斯诅咒这种既原始又麻烦的邮政联络方式，这也是那个新成立且多余的国家的一个令人厌恶的后果。

塔拉巴斯让人点起蜡烛，为死者守灵，还叫来了牧师，然后就去了邮局。他命令那里仅有的一个值班人员离开，因为他要"执行公务"。职员走了出去。电话铃响了，塔拉巴斯亲自摘下听筒。"拉库柏将军！"塔拉巴斯想做一个简短的汇报。但小个子将军柔和清晰的声音就像来自另一个世界："别打断我！"然后将军言简意赅地给出了指示：命令这个团处于战备状态；后天才会有其他部队从遥远的驻防地拉特卡被派来科罗普塔；可能还会发生新的暴乱；周围所有农民都聚集起来要看神迹；必须让本地的牧师去安抚这些人；要让所有犹太人都待在家里——"要是还有活着的犹太人的话"，将军一字一句地说。塔拉巴斯在这一席话里听出了嘲弄和指责。"完毕！"将军说完了，"等一下！"他又喊道。塔拉巴斯等着。"简短重复一遍！"拉库柏命令道。塔拉巴斯因为惊吓和愤怒僵住了，他顺从地重复了一遍。"完毕！"拉库柏说。

塔拉巴斯离开了邮局，他挨了一记闷棍，心神恍惚，胸中愤懑。他被来自远方的一个柔弱的声音给毁了，这个声音来自一位体弱衰老的人，他连个士兵都不算，而"仅仅是个律师"。站在门口等着的邮局职员向他问候，几乎让他吃了一惊。看似强壮有力，实则内心虚弱，又失去了往日的骄傲，伟大的塔拉巴斯走过小城科罗普塔的废墟。街道两边依然余烟缭绕，余火未熄。走在瓦砾与灰烬中间，走在房前堆放着的胡乱抢救出来的毫无用处、没人要的杂物中间，肌肉发达、肉墩墩的塔拉巴斯看起来活像个大怪物。

他看也没看士兵和军官一眼就走回了客栈。在酒吧里他惊得站住了。在吧台后边,弯腰恭候着犹太人克里斯蒂安颇勒,好像什么都没发生一样。伙计菲迪亚在洗着杯子,真就像什么都没发生一样。

克里斯蒂安颇勒安然无恙、无忧无虑地像往常一样忙碌着,就好像他突然从云端出现,好像此前老天把他隐藏了起来,保护了起来似的。塔拉巴斯上校看着这个犹太人,心里也就产生了怀疑,觉得确有能施魔法的犹太人,觉得这个犹太老板就该为亵渎圣母像负责。整堵高墙在塔拉巴斯面前耸立起来,这堵不可逾越的高墙用亮晶晶的坚冰构成,由从古至今千余年来基督徒和犹太人之间越积越多的仇恨、猜忌与陌生构成,好像这堵高墙是上帝亲自建造起来似的。在这堵发亮透明的坚冰后边,现在分明就站着克里斯蒂安颇勒。在塔拉巴斯的眼里,这家伙已经不再是什么没有危险的生意人或老板,也不再仅仅是毫无尊严但也不惹是生非的卑微的社会阶层的一员,而是一个陌生的、不可理喻和神神道道的家伙,掌握着种种地狱般的手段来对抗人类、圣徒、上苍和上帝。在塔拉巴斯深不可测的内心深处,同样也像昨天那些一无所知却虔诚无比的农民和士兵一样,升腾起了一种莫名但却异常强烈的仇恨,这是对安然无恙、似乎永远能遇难呈祥的犹太人的仇恨,只不过这次犹太人偶然叫作纳旦 · 克里斯蒂安颇勒罢了。下次他会叫其他的名字。再下次他肯定又会用个新名字。楼上塔拉巴斯的房子里，优秀忠诚的孔泽夫被安放在灵床上，死了，永远离开了，就是因为这个永不受伤的魔鬼般的克里斯蒂安颇勒而死的。塔拉巴斯理也不理克里斯蒂安颇勒毕恭毕敬的问候，直接坐了下来，甚至连茶和烧酒都没有点。他知道，反正这个老板很快自己就会端上来。

克里斯蒂安颇勒果然来了，手中端着热气腾腾黄澄澄的茶。他知道，塔拉巴斯现在没有喝酒的兴致。茶能使人心平气和，还能澄清混乱，对于头脑理性的人来说，清醒并不危险。他是在地狱里沏的茶吧，塔拉巴斯想。他怎么知道我想喝什么？当我进来的时候就决定要杯茶。——克里斯蒂安颇勒猜到了塔拉巴斯的愿望，上校虽仍存怀疑，但却有着被拍了马屁的感觉。他情不自禁地有点赞赏起这个犹太人来了。他也好奇地想要知道，克里斯蒂安颇勒是怎么把自己藏起来，然后又是怎么像往常一样好端端地出现在这里的。他开始了审问：

“你知道这里发生什么事了？”

“知道，尊敬的阁下。”

“你们很多犹太人被打，被侮辱。我的几个手下牺牲了，包括我最好的孔泽夫。这都是因为你的缘故。都是因为你！我要吊死你，亲爱的！你就是个叛乱者，是个亵渎教堂的家伙。你还阴谋破坏我们的新国家，我们等这个国家都等了几百年了。你有什么好说的？”

“尊敬的阁下，”克里斯蒂安颇勒直起了一直弯着的腰，用他唯一一只健康的眼睛直勾勾地看着可怕的塔拉巴斯的脸说道，“我不是个阴谋家，我没有亵渎神迹，我和其他人一样爱这个国家，不比别人多也不比别人少。请尊敬的阁下能允许我解释一下。”

“说！”塔拉巴斯答道。

“尊敬的阁下，”克里斯蒂安颇勒说道，又鞠了一躬，“我不过是个犹太人。”

“这正是问题所在！”

“尊敬的阁下，”克里斯蒂安颇勒回答道，“请您允许我说一句，我之所以是犹太人，并不是因我自己的意愿。”

塔拉巴斯沉默了。他已经不再是那个可怕的塔拉巴斯上校，他沉默着开始了思考。这时的他是那个曾经被认为已死的年轻的塔拉巴斯，是那个曾经的革命者，后来曾刺杀过总督谢尔松的秘密团体成员，是那个听了无数彻夜辩论的大学生，是那个既温和又狂热的塔拉巴斯，是那个铁石心肠的父亲的叛逆儿子，他有着思考和思索的能力，但他同时也是永不成熟的塔拉巴斯，思维混乱，随波逐流，碰到什么干什么：杀人、恋爱、嫉妒、迷信、战争、残酷、酗酒、绝望。在塔拉巴斯那毁灭性的激情与迷醉的废墟中，在活力四射的激情与迷醉的喧嚣中，他的洞察力还未泯灭。犹太人克里斯蒂安颇勒以其执着的理性为之辩护的事情，压根儿就和强大的塔拉巴斯以及他那混乱的过去毫不相干！尽管如此，这件事还是照亮了许多年来充斥着塔拉巴斯内心的黑暗。克里斯蒂安颇勒的回答在塔拉巴斯脑海里如同在地下室里突然出现的一束光亮。有那么一会儿，它照亮了他内心深处隐秘失踪的深层和背阴的角落。尽管上校开始审讯时，就打算获知并搞清这个阴险犹太人的神秘特性，但他现在还是不得不承认，克里斯蒂安颇勒的回答就像一束突然而至的光，与其说它点亮了犹太人和那个陌生民族的朦胧无知，不如说它照亮了塔拉巴斯心中笼罩着的昏暗。

塔拉巴斯沉默了一会儿。有那么一瞬间，好像他认识到了自己那喧嚣、英勇人生的卑鄙、愚蠢与空虚，好像他有着充足的理由去羡慕那个不受待见的克里斯蒂安颇勒，羡慕他那总是清醒的理智和精心维护的生存。这个念头转瞬即逝。强大的塔拉巴斯仍是那么高傲自大，这种傲慢征服了全世界所有强权者的理性，让他们暂时还拥有的那么点儿见识就像被假金子做成的云裹住了。塔拉巴斯傲慢地说道：

“你让其他那些犹太人，那些你的兄弟去死。如果你报告了,那些人就什么事都没有!你连自己的同胞都出卖。你是个可耻的人。我要踩死你!”

“尊敬的阁下,”克里斯蒂安颇勒回答道,“他们本来就会殴打这些人,就像已经发生的那样,本来还会杀了我。我有老婆和七个孩子。当尊贵的阁下您来到这里时,我把他们送去了奇尔比特科。我对自己说,这里危险。一个新组建的团对我们犹太人而言总是危险的。尊贵的阁下,您是位高尚的人,这我是知道的。但是……”

塔拉巴斯抬眼看了看,克里斯蒂安颇勒不吭声了。他特别害怕那个自己脱口而出的小词“但是”。他又鞠了一躬,脊背一直深深地弯着,这样,坐着的塔拉巴斯的视线正好落在这个犹太人丝质的小便帽上。

“什么‘但是’?”塔拉巴斯问道,“说完!”“但是,”克里斯蒂安颇勒重复道,又直起了身子,“尊贵的阁下自己也在上帝的手中。上帝操纵着我们,我们自己却不知道。我们不理解他的残忍和他的宽容……”

“别和我绕弯子,犹太人!”塔拉巴斯喊道,“说,你什么意思?”

“就是,”克里斯蒂安颇勒回答道,“尊贵的阁下昨天在军营里待得太久。”等了一下,他又说道:“这是上帝的意志!”

“你总是躲在上帝的后边！”塔拉巴斯说，“上帝不是你的挡箭牌！我要吊死你。但现在告诉我，你藏在了哪儿？你必须再给我藏回去！我从首都收到了命令，让所有犹太人都藏起来。农民们正在往这里走，他们要看你院子里的神迹。你肯定是他们想要宰的第一个。而我想亲自吊死你。你别想毁了我的好事！”

“尊贵的阁下！”克里斯蒂安颇勒说，“我藏在地下室。我的地下室有两层。第一层放着烧酒。第二层是陈年的葡萄酒。在第一层台阶下，有块沉重的石板。上边有个环。在这上边我连了一个铁环，铁环上连着个铁棍，这样我就可以抬起那块石板了。我在地下室第二层坐着时，就把铁棍的尖支在平板和地板之间。尊贵的阁下可以把我从这个藏身处拎出来绞死。”

塔拉巴斯沉默了，这个犹太人没骗人。但就算是实话，只要从这张嘴里说出来，那肯定也带有某种欺瞒。甚至连老板克里斯蒂安颇勒表现出来的勇气，肯定也不过是某个隐藏胆怯，隐藏魔鬼般的胆怯的面具。塔拉巴斯于是说：

“我会来找你的。还有，告诉我，你为什么亵渎院子里的教堂和圣母像？”

“我没有！”克里斯蒂安颇勒喊道，“这幢房子年代久远。我是从祖上继承的。我不知道这里的神龛什么时候变成了一个废物间。我不知道。我是无辜的！”

纳旦·克里斯蒂安颇勒的喊声如此真切，连塔拉巴斯都要相信了。“滚，藏起来！”上校说道，“我要另一间房子，我的床上有个死人。”

“已经准备好了！”克里斯蒂安颇勒回答道，“给尊贵的阁下安排的是我已故祖父的房子。在三楼，可惜在阁楼边上！我已经布置好了。床不错。炉子已经点着。菲迪亚会给尊贵的阁下带路。我给已故的孔泽夫中士准备了一打用来寄托哀思的蜡烛，就在床边的小箱子里。尊敬的牧师先生已到楼上了！”

“叫他来！”塔拉巴斯命令道。

十七

科罗普塔的牧师是位上了年纪的男人，三十多年来一直供职于这个教区，这是项简单、谦恭、吃力不讨好的工作。一身破旧的、油腻亮光的教士长袍在他干瘦的身上晃荡着。岁月使他变得渺小瘦弱，背也驼了，灰色的大眼睛眼窝深陷。他的嘴巴细长，缺牙，向两边犁出两条皱纹。岁月使他的鬓角和额头变得稀疏，淳朴的心变得柔弱。他熬过了战争,挺过了上天的雷霆之怒,挨过了几百个无法做弥撒的早晨。他埋葬过被流弹打死,却无法得到最后的赐福的人。他还安慰过阵亡和死亡者的父母。他自己已经盼着死了。他瘦小虚弱,目光黯淡,颤巍巍地出现在塔拉巴斯面前。

塔拉巴斯对牧师直截了当地说,必须让渴望来科罗普塔瞻仰神迹的农民冷静下来。已经发生的事实在太不幸了。军队希望神职人员能够施加影响。而他,塔拉巴斯上校,希望得到牧师的支持。

“好的,好的!”神甫说。牧师对在过去几年中进驻科罗普塔,并且也这么对他讲话的所有当权者,包括现在的塔拉巴斯上校,都同样说过“好的！好的!”。

牧师苍老黯淡却大而明亮的眼睛在上校的脸上停了一会儿。他同情这位塔拉巴斯上校。(是的,牧师也许是科罗普塔唯一同情塔拉巴斯的人。)

“我明天会按照您的意思对信众讲话!”牧师说。

但在塔拉巴斯听起来,就好像牧师对他说:我知道你的情况,孩子！你迷失了,无所适从。你是一个强大的人,也是个浑浑噩噩的人。你是个勇夫,也是个懦夫。你给我做出指示,但你自己也知道,要是我能给你做出指示,你会更舒服。

塔拉巴斯沉默不语。他还等着这位老人的一句话。但老人却什么都没说。“您要喝点什么？”塔拉巴斯问道。“一杯水！”牧师说。菲迪亚取来了水。牧师喝了一口。“烧酒！”上校喊道。菲迪亚端来一满杯烧酒，清冽得就像一杯水。塔拉巴斯喝了。

“军爷们都能喝酒！”牧师说。

“嗯，嗯。”塔拉巴斯回应道，声音像隔着一层，显得陌生，心不在焉。

他们两人都知道彼此没什么好说的。牧师仅仅是在等一个可以离开的信号。塔拉巴斯其实还有很多话要说：他心中堵塞，心扉紧闭。这是个神秘、封闭、沉重的袋子：他的心就这么安放在强大的塔拉巴斯的胸膛里。

“您还有什么吩咐吗，上校先生？”牧师问道。

“没有了！”塔拉巴斯说。

“耶稣基督祝福你。”牧师说。

塔拉巴斯也站了起来，口中喃喃道：“直到永远。阿门！”

十八

就像以往常见的那样，这一天在科罗普塔又一次敲响了鼓,勒令犹太人不得上街。其实就算没有这道命令,犹太人也没有上街的兴趣。他们坐在仅存的几幢幸存下来的犹太人的房子里,堵住门和窗户。这是他们能想到的最令人伤心的一个礼拜六。尽管如此,大家还是试图去安慰自己,希望能尽快得到上帝的帮助。他们感谢上帝至少让自己还活着。几个人受伤了。他们蹲在地上,有人头上缠着绷带,有人脱臼的胳膊也挂着白色的绷带。有的人脸割破了,还能看见鞭子留下的红得发紫的伤痕。有的人光着上身,湿手巾包裹着伤口。他们都是些上了年纪、体弱且有残疾的人:因为战争将年轻和健康的人都吞噬了。他们已经感受不到人们对他们的痛骂,只能感觉到自己身上的疼痛。因为两千年来,这些来自以色列的人只知道一种耻辱:在耶路撒冷却不识圣殿。与这一耻辱相比,所有后来他们敌人的咒骂和嘲讽都显得可笑。其他那些所经历的羞辱、嘲讽和痛苦,莫不是这一悲惨事实的后果罢了。有时候好像承装痛苦的那只沉重的杯子还没盛满,上帝还会派送些新的折磨和惩罚。此外,上帝偶尔也利用这些乡下人。一点都不能反抗,但就算能够反抗,谁又会允许他们反抗?上帝昨天想让人殴打科罗普塔的犹太人。人家就打了。难道大家在那些人邪恶的肆意妄为中不再相信和平会重新降临了吗?他们已经不再敬畏了吗?科罗普塔的犹太人不会失去敬畏之心。

他们遍体鳞伤地坐在小房子里，在晨曦中前仰后合。窗户已被钉死，尽管在安息日并不允许钉钉子。但保住性命也是和崇敬安息日同等崇高的要求。他们上身晃动着，嘴里吟唱着《旧约》中的诗篇。这是他们耳熟能详的内容。其他人在晨曦中，用浑浊的双眼在书中读着这些章节。破裂开来并用绷带拴在一起的眼镜架在高耸却忧伤的鼻梁上。他们挤在一起，因为书不够，三四个人读一本书。他们小心提防着不要提高自己的声音，因为害怕被外边的人听到。他们一直都安静地待着，竖起耳朵听着外边的动静。几个胆大的人居然敢透过百叶窗和椽木的缝隙向外张望。鼓声所警告的那些新的追踪而至的人难道还没到吗？只有装死才行。要让那些前来的农民相信，科罗普塔再也没有一个活着的犹太人了。

在这群可怜的犹太人中有个叫舍玛利亚德的犹太教堂工友，他是最为不幸的一个。所有的人都知道他的苦难。他老婆死了多年，膝下曾有个独子。是啊，曾经！实际上他已经不能管他的儿子再称为儿子了。战争期间，这个曾经的儿子啐了他父亲一口，然后宣布参加革命。显然这是做父亲的舍玛利亚德的错：他省下来几百卢布，为的是让儿子能上大学。这个科罗普塔犹太教堂的傻仆人曾经希望有个受过教育的儿子，当个医学或法学博士什么的。结果这个胆大妄为的孽障变成了什么样子？——先成了个无法无天的文理中学的学生，扇了老师一个耳光，然后被开除了；接着又去当修理钟表的学徒，在科罗普塔创建了一个“革命团体”，不认上帝，读书，还预言无产阶级的统治。尽管他像父亲一样瘦弱，当兵的根本就不打算要他，他还是在战争期间自愿报名参了军——并且不是为了“保卫沙皇”，而是为了“杀死统治者”，就像他宣称的那样。此外他还宣布不再相信上帝，因为上帝是沙皇和拉比的发明。“那你还是犹太人吗？”老舍玛利亚德问道。“不是，父亲，”这个可怕的儿子回答道，“我不是犹太人！”

他离开家去参军，在第一场革命爆发后还写了封信给老父亲，说再也不会回家。大家应该就当他已经死了，已经完蛋了。

舍玛利亚德还真就把这个儿子当作死了一样，就像信里写来的那样，还为他哀悼了七天。然后他就再也不是一位父亲了。

他体弱多病，骨瘦如柴，尽管年纪越来越大，但胡子和头发还是扎眼的红色。这让他看起来像个可怕的魔术师。他长着短而鲜红的扇面似的胡子，苍白而瘦骨嶙峋的脸上有无数雀斑，胳膊又细又长像猴子的长臂，还有一双长满红毛、松垮瘦弱的长手。人们管他叫“红毛舍玛利亚德”。有的犹太女人也害怕他那双发黄的眼睛，但实际上他是个挺善良的人，恭顺、谦卑、愚蠢、虔诚，还是个好心肠、守本分的人。他靠洋葱、萝卜和面包活着。夏天他把玉米棒当作美味佳肴和奢侈品。他靠信众付给他的几个戈比和一般在过节前从这里或那里得到的施舍活着。儿子死了，他觉得是自己的罪过。他做父亲的高傲受到了惩罚。虽然按照宗教的法规，他没有儿子了，这个宗教对他而言是唯一的真实，但在梦中和他清醒的时候，脑海中还是会经常闪现出孩子的模样。也许他会从死人堆里回来？也许上帝让他回来？——要想发生这样的事，那就要虔诚，虔诚，再虔诚。在虔诚和守礼方面，他超过了所有人。

昨天他也好几次被扔到了空中。有人一拳打在了他的下巴上。今天他的脸还生疼，连句能让人听懂的话都说不出来。但他对疼痛并不在意，他操的是另一份心。有人把科罗普塔的那个犹太小教堂点着了。说不定经卷已经烧毁了？要是经卷躲过了这一劫，那岂不要马上去救？要是经卷烧毁了，难道不该按照教法所规定，把烧毁的经卷埋葬在墓地？

经卷的事折磨了舍玛利亚德一整天。但因为妒忌，他对谁都没提这茬儿。他心里藏着这个秘密，因为害怕或许有其他哪个人也想去拯救圣物；这件伟大的事业应该留给他一个人去做。在那部伟大的《圣经》里，那部在天上监督着所有犹太人的书中，上帝会褒奖给他一个巨大的“优秀”；也许因为这个行动，命运会把他儿子带回来。所以舍玛利亚德把他的担心留给了自己。但他还不知道，该怎么上街才能不被塔拉巴斯可怕的士兵或比他们更可怕的农民看到。想到没法把被火烧坏的经卷哀荣备至地落葬，舍玛利亚德感到难以言说的痛苦。要是他现在能说话就好了！说说心里话！但对这份独一无二的功劳和死后升天的期望却令他闭口不言。

在下午晚些时候，也就是科罗普塔的犹太人习惯庆祝安息日结束，迎来一个星期开始的时候，人们听到了从钉死的百叶窗外传来的喧嚣。农民靠近了！那些农民！哎！来的已经不是那些他们原来多多少少有些了解的科罗普塔周围的农民了；虽然犹太人此前就是被这些人抛到空中，被这些人殴打的！天！这都是些不认识的农民，从来没见过的农民！他们可能干出所有可能和不可能的事来：亵渎，甚至谋杀。恶作剧，本来真的并无恶意，可再仔细想想昨天发生的惨剧！将要降临的，才是真正致命的。农民向着科罗普塔走来。宗教队列长长的，越来越近，大家虔诚地唱着赞歌，手中举着许多彩色、绣成金色和银色的旗子，领头的是穿着白色长袍的神职人员，队列里有女人、男人、姑娘和孩子。

有些人觉得仅仅去科罗普塔朝圣还不够,应该把这神圣的使命变得更艰难。他们每走五步、七步或十步,就跪拜下去,向前跪行十步。其他一些人则每隔一段距离就匍匐在地,爬个吟诵主祷文那么长时间,再站起来,蹒跚着往前接着走,然后又扑倒在地。几乎所有人手里都拿着蜡烛。他们把擦得锃亮的系带靴子挂在肩上,免得磨坏了鞋底。女人们戴着她们最漂亮的头巾;男人们穿着礼拜天才穿出来的马甲,上边装饰着喜庆的花朵图案,看起来就像春天的原野。所有人颂唱时用的都是假嗓,有的刺耳,有的嘶哑,但都激情满怀,热情奔放,他们高唱着向神迹走去。

在克里斯蒂安颇勒院子里出现了神迹的消息,一天内就传遍了周围的村庄。对,传播这一消息的方式和速度本身就是个奇迹。参加了科罗普塔年集的一些农民,有不少连夜就赶着车去了远处的村子,给他们的亲戚、朋友和不认识的人带去这个神奇的消息。有些事件还以一种无法解释的方式在所有的犄角旮旯都引起了反响。这些事儿根本不需要什么现代的交通和交流工具就能让满世界都知道。空气就能把消息传播给所有与此有关的人。

农夫们从各个方向聚拢过来,最后有不少于六支队列汇聚在克里斯蒂安颇勒的院子里。犹太人在剩下的几幢昏暗的小房子内,眼巴巴地盼着拯救他们的夜幕降临。此时,塔拉巴斯和他的军官们正坐在伙计菲迪亚充当老板的小酒馆里。克里斯蒂安颇勒已经藏了起来。但今天虔诚的农夫们不再想着复仇和施暴。他们接受了神职人员的劝告。他们虔诚的热情就像被堤坝拦住的洪水一样朝着神迹流去。人们举行了礼拜仪式,每个列队一场接一场。大家临时给这里树立起了神龛。这间小房子使人回忆起了某个匆忙建立起来的简陋小教堂,这是第一批传教士不到三百年前在这片土地上建立起来的。这里的人接受基督教洗礼已有三百余年了。尽管如此,但当人们欢欢喜喜逛过猪市,几杯啤酒下肚后,再次看到了疲疲沓沓的犹太人时,根植于每个人心里的古老的异教徒情节便又复苏了。

今天,人们不能仅仅相信神职人员。士兵们在科罗普塔也来回巡逻。

在克里斯蒂安颇勒的酒吧里的军官们都很兴奋激动。自从塔拉巴斯指挥他们以来,这些人还是第一次敢在他面前说出自己心中所想。尽管塔拉巴斯依旧黑着脸不吭声,像往常一样,气呼呼地喝着烧酒,军人们还是吵吵嚷嚷,争论不休,有的人发表着各种理论,谈论着新的国家、军队、革命、宗教、农民、迷信和犹太人。他们好像突然丢掉了尊敬和恐惧。就好像克里斯蒂安颇勒那个小房子里的神迹和科罗普塔的一场大火把指挥官塔拉巴斯的尊严和暴力剥夺了一样。这个团的军官来自于原先军队不同的部门和不同的前线。有俄国人、芬兰人、波罗的海东岸三国的人、乌克兰人，有克里米亚来的、高加索来的，还有其他地方来的。是偶然和困难把他们吹到了这里。他们是士兵，真正的雇佣兵。他们在所有可能的地方服役。他们只想继续当兵。没有军装，没有军队，他们就活不了。就像世界上所有的雇佣兵一样，他们需要一个没有弱点和缺点的指挥官，没有明显的弱点和缺点。可是，昨天在他们和塔拉巴斯之间发生了争吵。他们看到他失去了知觉而且喝醉了。他们不再怀疑他可能几天后就会被解职。另外，所有人都相信，他根本就不适合组建和指挥一个团。

一声不吭的塔拉巴斯心里清清楚楚地知道这些军官是怎么想的。他好像突然觉得，自己到目前为止仅仅是撞了大运，而不是靠自己的本事。他利用了和战争部长偶然的亲戚关系，而且滥用了这种关系。他其实根本就不是个英雄。他之所以证明了自己的勇气，那是因为他的生命毫无价值。在战争中他曾是个好士兵，因为他本来就想死，因为在战争中死亡离得最近。塔拉巴斯，几年来你过的是堕落的生活！这是从你大学的第三学期开始的。你从来都不知道什么适合你。你失去了家乡、卡塔琳娜、纽约、父母亲、玛利亚、军队、战争！你连死都死不了，塔拉巴斯。你让很多人死了,你要了很多人的命,靠着暴力的张扬和掩饰,你才走到今天这一步。所有人都把你看透了:先是拉库柏将军,然后是犹太人克里斯蒂安颇勒,现在是军官们。孔泽夫死了,他是唯一相信过你的人。

塔拉巴斯在心里这么自言自语着。很快他内心好像出现了两个塔拉巴斯。站在桌子前的一个穿着破烂的灰外套;坐在这里的是强大的塔拉巴斯,全副武装,穿着军装,胸佩勋章,脚蹬带刺的靴子。坐在椅子上的塔拉巴斯越发地垂头丧气。而前面站着的可怜的塔拉巴斯却骄傲地仰起了头,破烂外套里的身材越发地高大了。

塔拉巴斯上校不再听周围军官们的谈话了:那可怜而又骄傲的塔拉巴斯让他招架不住了。突然,好像有人建议他上去看看死了的孔泽夫。他跌跌撞撞走了出去,抓住了栏杆,花了很长时间才走上了最上一级台阶,站在死者边上。他让两个守卫的士兵走开。四支巨大的守灵蜡烛,两支在死者身边,两支在脚下,播撒着摇曳不定、变化多端、金色神圣的光晕。燃烧的蜡烛闻起来发甜,有霉味。孔泽夫的肩上落了几滴蜡油。塔拉巴斯用指甲把蜡油抠掉,用袖子撸平了死者的军装。"祈祷",他突然想到。然后他一遍又一遍机械地说着主祷文。

他打开门,喊来士兵,跌跌撞撞走下了楼梯。"先生们！”他说，“你们知道，我们明天要给死者落葬。明天中午。安葬孔泽夫中士和其他人。”听起来，好像塔拉巴斯上校刚才给军官们颁布的命令是他这辈子颁布的最后一道命令，好像他在安排自己的葬礼似的。

他整晚都坐在桌子边。他觉得自己必须等待另外一个塔拉巴斯。他也许不会来了，塔拉巴斯想，他受够我了。然后他睡着了，趴在桌子上，头枕在交叉的手臂上。

十九

礼拜天早上，天空的蓝色和银色交相辉映。欢快的钟声嗡嗡响起，“小库房”里传出了一直待在那里的虔诚农民的合唱。钟声和歌声把塔拉巴斯上校唤醒了，他立刻起了床。菲迪亚已经端着热气腾腾的茶伺候在侧。他不耐烦地只喝了几口，就已经完全醒来，头脑清楚，能回忆起昨天发生的所有事情。他还记得军官们说的每一句话，也还知道另一个塔拉巴斯对他所说的一切。另外那个塔拉巴斯是个真正的人，上校对此毫不怀疑。

他走上了主街。士兵们宿营在烧毁的小房子的废墟边。他们起立，敬礼。一个军士向他报告昨晚平安无事。塔拉巴斯说:“好,好,不错!”然后便接着走。

钟声低吟,农夫们还在唱着歌。

塔拉巴斯心里想着中午十二点要给孔泽夫和其他人举行葬礼。还有点时间,现在才九点。

科罗普塔看不到一个人,更看不到一个犹太人。仅存的几幢完好无损的犹太人的小屋子关得严严实实,百叶窗里没有任何动静。也许所有犹太人都憋死了,塔拉巴斯心想。这些人是否憋死,对他全无所谓。

你不能无所谓!另外一个塔拉巴斯说道。上校回答:是的,我就是无所谓!我恨这些犹太人!

突然,有个黑色、可疑的东西从残留的一幢犹太人的小房子里蹿出来,溜到了拐角。

塔拉巴斯也许看错了,他悄悄地走了过去。

他刚在下一个街角转到侧面一条小巷子里时,一个可怕的身影径直撞在了他的胳膊上。

这是一个晴朗的礼拜天上午。空气中还有钟声欢快的回响。从坐落在山丘顶上的教堂,还可以看见做完礼拜的农妇们彩色喜庆的头巾在闪闪发光,好像整个山丘正在向城市的方向移动,漫山遍野都布满了彩色的花朵。一阵柔和的轻风带来了教堂管风琴最后渐弱的音符。看来礼拜天和在风中消散的钟声及渐弱的琴声原本就是自然的组成部分。而小城光秃秃的广场和仍在冒烟的废墟则像一个对自然法则进行无耻反抗的无耻标记：这是对礼拜天和平的伤害。小城西南脚的山丘上已经洒满了阳光。农妇头巾组成的大片彩色花海变得越来越密。黄色的小教堂已经在阳光里变得模糊起来。教堂的小钟塔顶上，十字架像个庄严的玩具熠熠生辉，明朗欢快，崇高神圣。正在这么个当口，那个可怕的身影撞进了塔拉巴斯的怀里。

这个可怕的身影干瘦、可怜、弱小，不过居然还是个不折不扣的红发犹太人。他的短髭就像一个着了火的花环一样长在那张苍白的、布满雀斑的脸上。他脑袋上戴着一顶黑丝质棱纹布做的、褪色发绿的帽子，帽檐下露出的火红卷发和火红的短髭连成了一片。一撮小而浓密的红眉毛，就像两把被点着了的刷子，黄中透绿的小眼睛也好像射出了小火苗，那是另外一种小火苗，吐着冰冷的火舌。在一个礼拜天，塔拉巴斯不可能碰见比这更糟糕的事了。

他想起了那个不吉利的礼拜天，那个不幸降临的礼拜天，本来就如同今天一样是美好的一天，如同在这个加利西亚的村子里一样，钟声朗朗。就在路边，站着那个不认识的红头发士兵，那个不幸的征兆。唉！强大的塔拉巴斯可曾想过，可以施计躲过这一不幸，可以逃过这一劫吗？可以靠单打独斗把战争继续打下去吗？

一个红发犹太人出现在了礼拜天早上！塔拉巴斯这辈子还没见过这么红的头发，没见过这样火焰般迸发出来的红胡子。他的眼力在分辨红头发时最为老道。他看到这个犹太人时，不禁吓了一跳。以前，他第一次看见红头发士兵时就被吓了一跳。这次他从头到脚都惊呆了。他经历的所有战役都还有什么用呢？那些他经历的恐怖和他制造的恐怖，又还有什么意义呢？看得出来，塔拉巴斯心中怀着最大的恐惧，一个无法克服的恐惧。这种恐惧不断制造新的恐惧，产生魔鬼；这种恐惧使他浑身发软，使他越发虚脱无力。强大的塔拉巴斯成就过一个又一个的英雄业绩！但这都不是他的意愿。他心中的恐惧驱使他参加一场场战役。他的不信神是由于迷信，他的勇敢源于恐惧，而他的暴力则出于软弱。

犹太人舍玛利亚德也吓得不比塔拉巴斯轻。他胳膊上扛着两个托拉经卷，就像扛着两个死孩子。每个托拉经卷都裹着红色镶金的丝绒。经卷木制圆形的把手已经炭化，连包裹的丝绒也都烧着了，下边露出了被火燎了边和烧焦的羊皮卷。舍玛利亚德今天已经成功地分两次、每次把两卷托拉经卷送到墓地。他在早上太阳升起前就从小屋子里偷偷溜了出来，没有被士兵发现。他相信是上帝挑选了自己，觉得一个人就能完成这项神圣的使命。但他终究还是那个相信奇迹出现的,可怜而又愚蠢的家伙。当他第三次离开犹太教堂时,以为自己隐身在《圣经》里所说的别人看不见的云端①。他撞到塔拉巴斯怀里时,还一直以为自己正在云里走着,他向边上跑了一步,以为自己能逃脱这个庞然大物而不被他看见。这个动作彻底激怒了塔拉巴斯。他一把抓住这个犹太人的前胸,晃了晃,霹雳一般喊道:"你在这里干什么?"

舍玛利亚德没有回答。

"你不知道你们都必须待在屋子里吗?"

舍玛利亚德只点了点头,同时胳膊更用力地夹紧了托拉经卷,好像上校要夺走似的。

"你拿着什么?你要这干什么?"

舍玛利亚德被吓得什么都说不出来,更何况这个国家的语言他讲得并不好,于是就用动作回答了。他小心地把一个经卷从右肩换到左肩,使人觉得他更像一个魔鬼。他用瘦弱的左胳膊把沉重的圣物压在胸前,用干瘦的、背上长着红色猪鬃般硬毛的右手指着地,做了一个铲土的动作,然后开始用脚在地上踩和刨,好像他在平整一座堆起的坟。塔拉巴斯当然不明就里。这个死不吭声的犹太人激起了他的

---

①　摩西带领犹太人出埃及,一直跟随耶和华的云柱(白天)与火柱(夜里)来辨识方向、向前行走。云彩就是耶和华的"变形",类似于"面纱"的作用,因为人不可直接见上帝的面。云彩的出现给以色列人以信心,坚定他们每日的行程。——译者注

怒火,怒火开始在他的内心沸腾。"说!"他喊着举起了拳头。

"仁慈的阁下!"舍玛利亚德口齿不清地说,"他们把这给烧毁了。不能就这么搁着。必须埋起来!埋在墓地!"他用手指着科罗普塔犹太人墓地的方向。

"你没什么好埋的!"塔拉巴斯对他大喝道。

可怜的舍玛利亚德没有怎么听明白,还以为必须再解释一下。于是他满脸放光,竭尽所能结结巴巴、磕磕绊绊地说着,说今天已经完成了两次神圣的任务。他这么说反而更激怒了塔拉巴斯,因为在塔拉巴斯的眼中,这个犹太人今天已经是第三次上街了,这绝对是严重的犯罪行为。太过分了!红头发,还是个犹太人——要是在星期当中也就算了,但在礼拜天出现这种现象就太可怕了,在礼拜天!就在今天这么个礼拜天,这对上校而言,绝对是针对他个人的无以复加的羞辱。啊,可怜的强大的、怒火中烧的塔拉巴斯!他突然感受到了另外一个塔拉巴斯微弱的声音:"镇静!镇静!"——而强大的塔拉巴斯听不进去。相反,他变得更加愤怒了。"滚!"他对犹太人吼道。舍玛利亚德不明就里地像瘫了一样站着不动,塔拉巴斯便一把从他怀里夺下了托拉经卷,经卷扑通一声掉到地上,掉进烂泥里。

接下来发生了件可怕的事。小得可怜的舍玛利亚德攥起双拳低着头就冲上校强壮的胸前撞去，看起来就像马戏团里的一个小丑试图去模仿一头发怒的公牛。这很可笑，也让人心碎。自从科罗普塔有了犹太人以来，这还是第一次有个犹太人试图去攻击一位上校，况且这是一位什么样的上校啊！这是第一次，也很可能是最后一次。

塔拉巴斯从来没想到会经历这样的事情。要说此前还有什么不够证明星期天的红头发犹太人对塔拉巴斯而言就是个丧门星的话，那这样的攻击无疑足够了。这和辱骂不同。这是——对这样的无法无天根本就找不到合适的说法！在此之前，塔拉巴斯已经窝了一肚子火，现在，他的内心开始升腾起一股缓慢的、恶魔般的、残忍的怒火，这是种有创造性的怒火，狡诈且富于想象力。塔拉巴斯的脸变了。两片嘴唇间露出的笑容像一个夹子，一个冷冰冰的夹子。他左手的两根手指摇晃着这个红家伙，右手的拇指和食指揪住可怜的舍玛利亚德的耳朵就拧，直到拧出了血。接着——塔拉巴斯仍然笑着——用双手抓住犹太人扇形的红胡子，用尽全身的力气开始推搡犹太人干瘦颤抖的身子骨，前前后后地推搡着。塔拉巴斯的手里扯下了好几根胡子，心情平静地把胡子放在他左边和右边的口袋里。他一直微笑着，这个塔拉巴斯上校！他就像个在毁坏玩具当中找到乐趣的孩子，眼中流露出孩童般的，几乎傻里傻气的神气，接下去他又重新去扯那红胡子，边扯边问：

“你有个儿子，长着和你一样的红头发，是不是？”

“是，是。”舍玛利亚德口齿不清地说。

“他是个该死的革命者！”

“是的，是的。”舍玛利亚德重复道。他被塔拉巴斯推搡得东倒西歪、前仰后合，觉得每根被扯掉的胡子都像一个裂开的巨大伤口。他不想承认自己的儿子，他想说，是儿子自己不认他这个爹了。但又怎么说？要不是这个厉害的家伙把自己折腾得痛不欲生，舍玛利亚德说不定还能用基督徒的语言把这件事解释清楚。他在这紧要关头也就仅仅可以听懂，但说不明白。他的心绪颠三倒四，觉得心脏在胸膛里像个无比沉重、却又狂跳不止的重负。他感到胸闷气短，张开嘴伸出舌头吸气，竭尽全力地吸着呼着，发出了时而微弱嘶哑，时而尖锐的呻吟。他的整张脸都疼，好像有人在用成千上万个烧红的针戳他的脸。杀了我吧！他想说，但说不出来。他模糊不清的眼前出现了施虐者的脸，时而大如圆圈，时而小如榛子，这两张脸同时出现在一秒钟内。终于，舍玛利亚德发出了一声直接出自于内心最深处的尖叫。几个士兵跑了过来，他们看到舍玛利亚德摔倒晕了过去，塔拉巴斯上校木然地站在那里。上校手里抓着两把红胡子，一直笑着，目视着莫测的远方，然后把手插进兜里，转身走了。

二十

晚上六点左右塔拉巴斯醒来了，透过没有帘子的窗户看到了天上的星星。他想，肯定已经是后半夜了。他发现没有躺在自己的房子里。他记了起来，是下午回到的客栈，伙计菲迪亚给他了一个新房间，因为原先那间房里躺着死去的中士孔泽夫。塔拉巴斯想了起来，中午十二点时给孔泽夫和其他人下了葬。另外，有人安排他住进了克里斯蒂安颇勒已经去世了的祖父的房子：这就是他祖父曾经住过的房子，他或许也是在这里死去的。

天还没全黑。晚上蓝色的曦光能让人认出所有的东西。塔拉巴斯笔直坐着。他发现自己穿着大衣，皮带还系着扣，脚蹬靴子躺在床上。他环顾了一下房间，瞧见了烤炉、五斗橱、镜子、柜子，还有光秃秃刷成白色的墙壁。只有床的左边挂着一幅画。塔拉巴斯站了起来，想看得更仔细些。画上有一张宽脸，长着扇形胡子。上校向后退了一步，把手插进兜里，想取出火柴来。结果手上摸到了些毛发一样的黏糊糊的东西。

他立刻把这些东西拿了出来。蜡烛和火柴在床头柜上。

塔拉巴斯点亮了灯，举高了蜡烛，读着画下面的名字：摩西·蒙蒂菲奥里[1]。

这是一幅便宜画，成百上千地挂在许多东部地区犹太人的房子里。这名字对塔拉巴斯而言毫无意义。但胡子着实把他吓了一大跳。

他又把手伸进了口袋，拿出了两团黏糊糊缠在一起的人的红色毛发。他厌恶地把这些东西扔到地上，但马上又弯腰捡了起来。他张开手仔细看了一会儿，然后又把它放进了兜里，接着又举起了蜡烛，一点点仔细地照着蒙蒂菲奥里的脸。这幅肖像挂在一个单薄黑色的木制玻璃画框里。蒙蒂菲奥里头上戴着一顶圆帽，和客栈老板克里斯蒂安颇勒戴的一模一样。宽宽的白静脸上长着浓密的白色扇面胡子，让人想起了柔和夏夜中没有被雾气笼罩的月亮。半遮住的黑色眼睛望着某个不可知的远方。

塔拉巴斯把蜡烛放在床头柜上，开始走来走去。他回避着那幅画，不想再次看到。但他很快感到，那个不曾相识的蒙蒂菲奥里正在墙上盯着他。他把这幅画从钉着的墙上取下，翻过来放在沙发上，背对着房子。相框的背面是用光秃

---

① 摩西·蒙蒂菲奥里爵士(1784年10月24日—1885年7月28日)是英国一位银行家、慈善家，担任过伦敦治安官。在1860年创建第一个犹太新定居点平安居所。作为英国犹太人代表局领袖，他在1841—1842年与英国驻大马士革领事查尔斯·亨利·丘吉尔的通信被视为原始犹太复国主义兴起的关键事件。——译者注

秃、薄薄的木头做的，四角露出了几个小小的钉子头。

现在，塔拉巴斯认为自己可以不受干扰地来回走了。但他错了。他虽然避过了蒙蒂菲奥里的视线，但那个红头发的家伙，他的胡子就揣在自己兜里，还是活生生地出现在塔拉巴斯眼前。他似乎又听到了那个被他推来搡去的犹太人发出的阵阵弱弱的、充满恐惧的叫喊，还有那最后的一声尖叫。

塔拉巴斯再次从兜里拉出了那团缠在一起的毛发，用迟钝的眼睛盯着看了许久。

他突然说道："她说得对！"

"她说得对，"塔拉巴斯重复着——来回走动着，"她说得对——我是个凶手。"

就在这一刻，塔拉巴斯好像觉得自己背上了一个无比沉重的包袱，但同时又好像从一个无法言说的重负下获得了解脱。他现在所处的状态，就好比一个人早就被判决把一个放在脚前的重物举起来，现在终于感受到了这一重负似的，但这不是他自己举起来的，是那重负突然活生生地自己跳上了他的肩头。他弯下腰，手中拿着蜡，好像这房间的门不够高，他进不去，所以他要低下头来才好走过去似的。他从狭窄、吱吱嘎嘎响着的楼梯走下来，小心翼翼地照着一个个台阶。从下边餐厅传来了同伴的声音。他手上拿着燃烧着的蜡烛走了进来，把蜡烛放在吧台上。钟表指着七点。他发现才晚上七点钟，随便问候了大家。军官们在等晚饭。塔拉巴斯对菲迪亚轻声说："我想去地下室找克里斯蒂安颇勒。"

他们走下地下室。在最后一级台阶上塔拉巴斯喊道："是我，塔拉巴斯！"

克里斯蒂安颇勒用铁棍了支住板子。菲迪亚拉着上边的铁环把板子抬高。

"尊贵的阁下！"克里斯蒂安颇勒说。

"我有话和你说！"塔拉巴斯说，"我们俩待在这里，菲迪亚走开。"

就剩下他们两个人时，塔拉巴斯开始说："谁是你的摩西·蒙蒂菲奥里？"

"这是个，"克里斯蒂安颇勒回答道，"是一个英国犹太人。他是伦敦第一个犹太人市长。要是他被国王邀请，会有人按照犹太教的规矩单独给他准备食物。他是个伟大的学者，也是个虔诚的犹太人。"

"看这里，"塔拉巴斯说，然后从兜里掏出了一卷红胡子，"看这个，克里斯蒂安颇勒，好好听我说！今天我把一个犹太人伤得不轻。"

"是的，我知道，尊敬的阁下，"克里斯蒂安颇勒回答道，

“有人知道我的藏匿处。犹太人悄悄地溜到街上。有个人来过，给我讲了。您把舍玛利亚德的胡子给扯下来了。”

“我给你派个士兵！”塔拉巴斯说，“去，把这个舍玛利亚德给我带回来！我在这里等着你们。”

他们走上了楼梯。“卫兵！”塔拉巴斯喊道。士兵陪着克里斯蒂安颇勒走上了马路。

但是几分钟后老板就回来了。“找不到他，”他说，“尊贵的阁下，您得知道，他是个傻子，一个笨蛋。他儿子把他整糊涂了……”他又补充说道。

“他儿子我认识。”塔拉巴斯说。

“现在有犹太人说，他跑到树林里去了。”

“我会找到他的。”塔拉巴斯说。

他们沉默了很长时间。他们坐在地下室的第一层，两人各坐在一个小的烧酒桶上。另一只桶上放着蜡烛，烛光闪烁。潮湿龟裂的墙面上，上下摇曳着两个男人的影子。塔拉巴斯上校似乎陷入了思考。克里斯蒂安颇勒等着。

终于，塔拉巴斯说：“听着，亲爱的！上去，给我拿件你的西服。借我一件！”

“马上！”那个犹太人说。

“打成一个小包裹！”塔拉巴斯冲他身后喊道。

当克里斯蒂安颇勒带着小包裹重新回到地下室时，塔拉巴斯说:“谢谢你! 我要离开几天,但别对任何人说!”

然后他离开了地下室。

二十一

牧师站起身来,估计现在应该已是晚上,他准备回去睡觉了。

“我来是因为一件私事。”刚走到门口的塔拉巴斯说。桌子上边低低地挂着一盏煤油灯,宽宽的灯罩投下了深深的阴影,笼罩着四周光秃秃墙壁的下半部分。眼力不好的老牧师没有立刻认出塔拉巴斯来。他手足无措地站在那里。衰老、干瘦的小脑袋在灯光的影子里变得突兀,炉火使他那件破旧油腻的长袍比白天更显油亮,袍子上缀着数不轻的用布料裹着的,同样也是油腻腻的纽扣。当他看清是塔拉巴斯时,立刻向门口小跑几步迎了上去。“请您走近点,您请坐!”他说道。

塔拉巴斯走到了桌子边,却没有坐下。站在灯罩长长的阴影下他觉得正合适。他自说自话,好像不是在和牧师说话一样。他从兜里掏出那卷胡子,放在手掌上说道:“我今天把一个可怜的犹太人的胡子给揪下来了。”接着,好像面对着官方的盘查要给出具体数据似的说道:“那个人叫舍玛利亚德,是个红头发的犹太人。我让人去找过他,但他不见了。有人说他傻了,逃进附近树林里去了。我想自己去找他。我该做什么?他是因为我才傻了的吗?我想其实应该杀了他。是的。”塔拉巴斯接着用一种无所谓的声音说道,“我其实真该杀了他。我已经杀了很多人。这些人不会再烦我了。我是个当兵的。”

在漫长的一生中,科罗普塔的牧师还从没听过这么说话的。这位老人认识很多人,老人、农民、雇工、女仆。他都七十六岁了,三十年来一直生活在科罗普塔,之前他在另外几个小城待过。他听过许多忏悔者的忏悔,所有人犯的罪都差不多。有人打了自己的父亲(那是位失去知觉的白发老人),想把父亲揍死。女人欺骗了她们的丈夫。一个十三岁的小孩子和一个十六岁的姑娘睡了觉,生了个小男孩,结果母亲掐死了新生儿。这就是发生过的所有非正常事件。每当这位老人要对这个世界和人的看法作总结时,他都认为上述情况是人受到的最为可怕、至为邪恶的蛊惑时的极端例子。现在听到塔拉巴斯这么说,他感到的不是一般的吃惊,而是震惊。“您请先坐下。”这位老人说,因为站着和听到这个古怪的故事都让他觉得累。塔拉巴斯坐了下来。

“这么说,”牧师也想搞明白这件事情的前因后果,于是开口道,“我们试着再过一遍:您,上校先生,把一个您不认识的叫舍玛利亚德的犹太人的胡子给扯下来了。您想怎么做呢?我认识这个舍玛利亚德。我认识他都三十多年了。他把自己参加革命的儿子给逐出了家门。他样子看着危险,但是个心地善良的傻瓜。现在,上校先生,我能做什么呢?”

“我来不是为了问您该干什么的!”塔拉巴斯说道。他的目光落在了牧师盖着桌子的发黄有裂口漆布上。

“我要忏悔!”

两个人长时间地沉默着。

“我更想,”牧师说,“就当没听见您说什么,上校先生。如果您想走,上校先生,您可以走了。我没有什么建议给您,上校先生。您想要个精神安慰吗?上帝会原谅您!我会为您祈祷。您伤害了一个可怜愚蠢的犹太人!你们许多人都这么干了,上校先生。许多人还会这么干的……”

“我比凶手还要糟糕,”塔拉巴斯说,“我当凶手已经有许多年了,但今天我才真正清楚地认识到这一点。我要忏悔。您看,我想放下我身上所有暴敛的杀气,尝试去忏悔。我只想对您说这个。我来这里的时候,心里还抱着最后的愚蠢的希望,邪恶的希望,希望您会宽恕我。唉,我怎么会有这种想法!”“您走吧,您走吧!上校先生!”牧师说道,

“我觉得,您会找到自己的路。走吧,孩子!”

塔拉巴斯连夜骑马奔向首都,第二天一早就到了。他打听到拉库柏将军的住处,来到了房子前。他拴好马,坐在门槛上等着,直到拉库柏起了床。

将军的副官,那位帅气的少尉看到塔拉巴斯上校走进了将军的屋子,一刻钟后又走了出来。奇怪的是,上校手里提着一个小包裹,还不让别人帮他拿。可惜面对那些在将军前厅等候着的好奇的军官们,副官对塔拉巴斯和将军谈话的内容无可奉告。

塔拉巴斯走出去时,军官们向他致以问候。

他向副官招招手说道:“我的马在下边,几天后我会来取。这期间照顾一下我的马。”

塔拉巴斯离开了房子,在门口站了一会儿,决定向左边的方向走去。他沿着宽阔的街道走着,笔直朝着城市的西边,一直走到田地那里。然后他坐在了路沿上,打开小包,脱下军装,穿上了克里斯蒂安颇勒的便装。他在军装的兜里翻找,只拿出了一把小刀和舍玛利亚德的胡子,把这两样东西放进了外套衣服里,小心地叠好军装,最后又看了一眼,然后沿着笔直的马路走去。马路向前延伸出去,似乎在远处,在很远处汇入了遥远苍茫的地平线中。

二十二

在东部地区的路上有很多流浪者。他们靠人们的好心活着。虽然路不好走，脚板容易累，虽然小棚子也糟糕，腾不出多少地方，但人们却有一副好心肠。黑面包可口，门也开得更快。虽说大战终结了，大革命也结束了，机器已经迈着可怕的、亮闪闪的精准步伐踏进了欧洲东部地区，但当地人直到今天依然对陌生人抱有好感。这里的笨蛋和蠢材也能更快、更好地理解他人之苦，比其他地方的聪明人和明白人强多了。这里不是所有的道路都覆盖了沥青。气候、季节和大地的情绪及规律决定并改变着道路的外貌和状况。在那些被揽入大地怀抱中的小棚屋里，人们与大地的距离和天空一样近。是的，这里的天空会屈尊俯就大地与人群。可在其他地方，房屋和天空背道而驰，天空总是看起来变得越来越高，渐行渐远。村庄散落在大地上，鸡犬之声不能相闻。城镇和城市很少见，但大街小巷却始终充满活力。路上总是有很多人。他们的困苦和自由简直就是亲密的姐妹。有的人被迫流浪，是因为没有家乡；有的人是因为找不到安宁；还有的人就不想要安宁，还立下誓言，永不停歇；更有人是因为热爱旅途,热爱陌生的、无主的房子。在东部地区,人们已经开始与乞丐和流浪汉做斗争了。看来机器和工厂的喧嚣,还有那些住在七楼的轻浮房客,以及那些几天一换的冒牌的常住户都已经无法忍受这些盲目却善良的流浪者那顽强、诚实、平和的流动了。你要去哪里?去那里干什么?你为什么上路?你怎么会想着过自己的生活?要知道我们其他人都在过一种共同的生活。你比我们强吗?!还是你和我们不一样?!

在这里或那里遇见过尼古劳斯·塔拉巴斯的人中,有的人就会提出这样的问题。他不回答。克里斯蒂安颇勒的衣服早就扯碎了。靴子也破了。军大衣塔拉巴斯倒是还穿着。他把肩章摘了下来放在兜里,有的时候会摸一摸,也会拿出来端详一番。肩章的银色已经开始泛黄,像旧了的玩具。他把肩章又塞进兜里。他把帽檐剪了下来,成了一顶再小不过的圆帽,戴在蓬乱浓密的头发上。帽子那漂亮的灰色早褪了,有的地方已经泛白,有的地方则发黄、发绿。在衬衫下,这位曾经的上校胸前并排挂着两个像姐妹一样的小袋子。一个袋子里装的是硬币和纸币,另一个袋子里装着他丢掉性命、失去永恒的欢乐都不会交出来的东西。

他在路上遇见了十字架或圣像,便会跪下去长时间地祈祷。他的祈祷充满热情,尽管他觉得自己并没有什么要祈求得到的。但他内心满足,甚至感到快乐。

他尽力去寻找痛苦、不幸和灾祸。可人们对他太好了。很少有人会拒绝给他一碗汤、一块面包、一个住处。即使有人拒绝了他,他也给人以祝福。对那些冲着他腿扑过来的狗他也柔声细语地讲话。要是有个人对他说:“走开,我们自己都还没的吃呢!”塔拉巴斯就会回答说:“上帝赐福你!他给你一切所需。”

只有第一个星期是难熬的。

晴朗的秋天在一夜之间就变成了严酷的冬天。先是下起了大雨,雨点在下落的过程中已经冻住,就像铁粒砸在脸上和身上一样,接着猛烈的冰雹又劈头盖脸地斜着砸了下来。塔拉巴斯迎接着第一场雪,迎接着冬天美好柔和的太阳。马路变软了,变泥泞了。雪化了。人们盼着那刺骨但却结结实实的霜冻。有一天霜冻降临了,伴它而来的是它的兄弟——那场来自北方不停歇地静静吹着的风。风像一把平展宽阔、亮得瘆人的剑,能够破甲而入,没有哪件衣服抵挡得住。人们把手插在兜里,可北风吹透衣服就像吹穿透明的描图纸似的。在北风的呼啸中,大地一下就上冻了,还冒出冰冷的寒气。流浪者变得像羽毛一样轻,甚至比绒毛都轻。风就像吐南瓜子壳一样把人轻松地吹走。下一个村子离得很远,比通常要远。所有能动的都弯腰低头蹒跚而行或者干脆躲起来。就连乌鸦这种霜冻之鸟，死亡的赞美者，都发不出声了。在天寒地冻的路两边，在流浪者的左边和右边，是望不到头的平原，田野和草地都隐藏在一层薄薄的、透明的、粗粒般的白冰下面。

在这个国家，在这个演绎着尼古劳斯·塔拉巴斯故事的国家，有个丐帮。这是个无家可归者的团体，可靠而友好。他们有自己的习俗，自己的法律，有时还有自己的管辖权。他们还拥有自己的记号，自己的语言。这些乞丐还有房子：临时木板房，被弃置不用的牧羊人小屋，部分已经烧毁了的棚屋，被遗弃了的火车车厢，偶然发现的洞穴。谁要是在路上流浪了四个星期，就会在人类最伟大的两位老师——困苦和孤独——那里学到如何辨识那些神秘的记号，找到栖身之处。比如这里有一根线，那里有条破手绢，前边有烧焦的树枝。这儿可以看到路边洼地里生过火的灰烬，那儿还可以在霜冻的薄冰下发现人的脚印，这些脚印指的是同一条路和同一个方向。霜冻的严寒侵彻身体，也使思考变得敏锐。

塔拉巴斯学会了辨识这些意味着温暖和安全的记号。战争将许多能用的东西扔在了野外。铁和波纹白铁皮，木头和坏了的车辆，窄轨铁路上临时停下的孤零零的车厢，破烂的木板房，烧得还剩一半的房子，浇筑得很结实却被遗弃了的混凝土战壕。在一个战争将固定财产摧毁了的国家，流浪汉还是能捞到些好处的。

当曾经的塔拉巴斯上校踏入这样一个栖息处时,觉得简直超出了自己应该得到的。他几乎要后悔找了这么一个栖息处。是的,有的时候他的脚才刚刚踏进去,人还没感受到温暖,才过几分钟就又上路了。对他而言,重要的不是享受保护和温暖,他只求保住性命。因为他在享受自己所经历的困苦,希望延长这种困苦。于是他又重新踏入了冰雪和寒夜。要是他在路上遇见了其他流浪者,想让他进屋避一避并问他,为什么流浪抑或他想去什么地方,塔拉巴斯总回答说,今天还有路要赶,今夜就要上路。

有天晚上他走进了一个藏身处,那里边已经有一个人了。这是一辆坏了的火车的二等座车厢。车厢停在一个老旧的轻便铁路的废弃铁道上。车厢的窗户已经破碎,取而代之的是木条和纸板箱。过道和车厢间的门已经锁不上了。座位上的皮垫子早就被撕掉,座位间冒出几卷灰色生硬的马鬃,凛冽的寒风透过裂缝和椽木吹了进来。塔拉巴斯走进了第一节车厢,这是二等座的车厢,如同塔拉巴斯此前曾乘坐过的一样!他累极了,马上就睡着了。在梦里他回想起了早先的时候,他曾作为“沙皇特使”带着“特殊的国家公务”乘车回家。“乘务员,”他喊道,“给我上茶!”或者:“乘务员!我要葡萄!”——让开,过道里的人们给这位特殊的沙皇特使让开了路。啊！那时候的尼古劳斯·塔拉巴斯是个怎样的男人啊！现在没有塔拉巴斯，他的那些忠诚部下干什么呢？看啊，塔拉巴斯想，那个强大的塔拉巴斯过的是那么了不起的生活。他曾以为，没有他，这个世界就会改变面貌！但现在我和这个世界脱离了开来——世界的面貌却没有哪怕是一丁点儿的变化。对这个世界而言，一个人毫无意义；哪怕曾经像我这样强大的一个人也是如此！

两个小时后塔拉巴斯醒了。他睁开眼睛，在模糊的光线中认出一个人，一个白发苍苍的流浪者。他的白发在深色外衣的领子上飘动着，胡子几乎垂到了腰间系的麻绳。“你这一觉睡得可真踏实！”这位老人说，“我站在这里一刻钟了，又是咳嗽又是吐痰，你愣是没听见。你进来的时候，我听见了你，但你根本没发现这个车厢里住着一个人。你还年轻，我打赌你还没流浪多久！”

“你怎么知道的？”塔拉巴斯问道，他坐了起来。

“因为任何一个有那么点经验的人要是走进一个地方，首先会四下里看看。很容易就能找到有用的东西！钱、烟草、蜡烛、一块面包，或者一个警察。这些古怪的家伙有的时候会躲起来，耐心等待，直到我们这样的人进来，然后检查证件。——可我有证件！”白发老人停了一下后，也坐了下来，“我甚至可以给您看我的证件，要是我们有灯的话。”

“这里有蜡烛，点亮吧。”塔拉巴斯说。

“我不能点！”那位老人回答说，“你得自己点！”

塔拉巴斯点亮了蜡烛头，粘在了窗框狭窄的木棱上。“你为什么不愿意点灯？”他问道，他多少有点羡慕地看着这位老人。他年纪大得多，看起来比塔拉巴斯经历了更多的苦难。啊，他是可怜人中的将军！塔拉巴斯只是个少尉。

“现在是星期五晚上！”老人说，“我是犹太人。我们禁止点灯。”

“你今天怎么不在一个暖和的房子里待着？”塔拉巴斯问道，他的内心充满了羡慕和嫉妒，就像以前他的心中只能装得下怒火一样。“要是安息日到来的话，你的教友都在犹太人的房子里吃饭睡觉。我还从来没在这样的日子里见过一个犹太乞丐！”

“不，你看，”这位老人说着坐在塔拉巴斯对面的座位上，“我的情况不同。我曾是我们教区一个有地位的人。如同上帝要求的，我过了每一个安息日。但上帝要求的其他一些事我却没做。现在我到处流浪，这已经是第八个年头了。整个战争期间我都在到处流浪。这还不是最艰难的年月。我流浪走得很远，去过俄国很多地方，有时候甚至流浪到前线后边。在那个时期总有什么事情发生。对一个乞丐而言总是能留下点什么。”

“你为什么不过星期六的安息日了?”塔拉巴斯问。

老人用手理了理胡子,凑了上来,这样能更清楚地看清塔拉巴斯,他接着说:“你离烛光近点,这样我能看到你。”

塔拉巴斯靠近了蜡烛。

“啊!”犹太老人说,“在我看来,我可以给你讲讲我的故事。实话实说,我喜欢讲我的故事。但有那么一种人,你要是给他讲了什么,他就会说:对,对! 或,是,是! 有人甚至会发笑,或反应迟钝,什么都不说,转过身去就打起鼾来。我绝对没有什么虚荣心,我也不想要掌声,相反,我想让人完全了解我,完全了解我是什么样的人。如果有人不了解我整个的性格,那我给他讲这些也就毫无意义。”

“是的,我理解你!”塔拉巴斯说。

“现在我要和你说,”犹太人接着说——让塔拉巴斯吃惊的是,他用的是这个国家的语言,一点都不磕绊,不像其他犹太人,“我曾经是个很有钱的人。我叫撒母尔·耶德林纳。无论在这个国家什么地方,人们都知道我。但我建议你不要向别人问起我。要是谁听到了我的名字,就会诅咒你。你记住了。尤其当你恰好要去科罗普塔的时候。我曾在那里住过。”

“科罗普塔?”塔拉巴斯问道。

“是的,你知道科罗普塔?”

“马马虎虎!”塔拉巴斯说。

“好,”老耶德林纳说,“我曾有过一幢房子,和科罗普塔的那个客栈一样大,就是那个克里斯蒂安颇勒的客栈。我娶了个漂亮、强壮、大屁股的老婆,得了两个儿子。我做木材生意,你要知道,我挣了一大笔钱。要是冬天冷,就像我们现在这里的这个冬天,那大家就会买很多木头。其实还有其他的木材商人。但我比他们都聪明。你要知道:在春天的时候,在还没人想到冬天会来时,我就去地主那里探看树林,在这些或那些树上做记号,然后给定钱。接着我把树伐倒。我不相信地主。他会去伐他想伐倒的树。而我只伐我要的树。然后我把这些木头运回家。要是下雨,我就会把木头放在空地上——但要是干旱,我会给木头搭上帐篷。这样木头就会增重。因为这是我最重要的规矩:按照重量卖木头,而且尽量劈碎已经锯小了的木头。对吧?——这样谁还需要去让人劈柴,更何况为此还要付钱呢?别人按寻①、按尺买木头,然后才是按照需要去锯树干。不,我可不这样。我按照重量卖直接可以用的木柴。你看,在我们国家,我的方法是独一无二的。”

老人停了一下。他其实想对自己说,他对这项已脱手的职业没什么感情了。他顿了一下说:

---

① 古时长度单位,即两臂伸直的长度,约为1.90米。——译者注

“就是这么回事——或差不多就这么回事。到底如何已经无所谓了。总之,我曾是个有钱人。我的钱放在家里,也存在银行。我让儿子上了大学,每年都送老婆出国,去奥地利,去弗朗茨温泉,因为医生说,她小肚子肯定有点什么毛病,她腰那里疼,但没能看出什么原因。可我真是着了魔。那整个夏天我都没挣到钱,没耐心再等到秋天了。有的时候秋天会很干燥,来得迟,像夏天一样的秋天,于是没人会想到冬天——而我的木头变得越来越轻,越来越轻,这简直让我心急火燎,结果有天那个叫尤里施的来了,还给了我一个建议……”

耶德林纳停了一下,叹了口气,接着又说道:“从这天起,我就成了警察的密探,挣得不赖。我先告发了那些我有些了解的人,然后告发了那些我不怎么了解的人,最后告发的是所有那些我不喜欢的人。我有着极为丰富的想象力,还能很好地联想推理。警察相信所有我说的。有几次我命好,发现那些仅仅是我凭空猜测的事最终却都是真的。但有一天尤里施来到了克里斯蒂安颇勒的那个酒吧,酒喝多了,对人说我比他挣的钱多得多。

“现在,我不想让你觉得无聊:当天夜里就有人来抓了我。两个力气大的犹太屠夫和老板克里斯蒂安颇勒,这位也不是个善茬儿,把我打了个半死。人们强迫我离开家,离开这座城市。我老婆不愿意跟我了。我的两个儿子冲我吐口水。拉比召集了审判员,三个有学识的犹太人坐在那里。我知道自己做了些什么。我至少把科罗普塔和周边的二十个犹太人送进了大牢,其中至少十个人是无辜的。我向全科罗普塔的犹太人发誓,放弃一切,与乞丐为伍。我自己还决定并发誓,绝不在犹太人的屋子里过安息日。所以我现在到了这里。这就是我的故事。"

"我把,"塔拉巴斯说,"你的一个教友的胡子揪下来了。"他们俩面对面坐着。窗框上的蜡烛头早就烧尽了。

天亮了,这是个冰冷冷的早晨,红彤彤的朝霞火烧火燎地预示着一场新的暴风雪。他们离开了车厢,握了握手,继续向前走去,各走各的路。

二十三

这天上午,塔拉巴斯来到了一个叫图卡的集镇。耶德林纳讲的故事唤起了他伐木和锯木头的兴趣。

于是,塔拉巴斯在图卡一家家地挨个询问,有没有木头要锯。他找到了要锯木头的人。有半寻的橡树木头要锯。"要怎么给你付工钱?"木头的主人问道。"随你怎么付都行!”塔拉巴斯回答道。“那好!”房主人说。这是个家境不错的男人,一个马贩子。他把塔拉巴斯带进院子,给他指了指木头,然后从工具房取来锯子和斧子,还有人们称之为剪刀的木头支架,上边可以放树干。

马贩子在走进院子之前穿了一件皮衣,里子是海狸皮的,漂亮的羊羔皮领子上有银色的折裥。他脸色泛红,吃得胖胖的,腿上穿着衬了皮子的靴子,手插在暖和的兜里。塔拉巴斯穿着军大衣,冷得够呛,直向冻僵的手上哈气,把那顶太小的帽子一会儿盖住左耳,一会儿遮住右耳,严寒像无数根针一样扎着两个耳朵。马贩子不信任地打量着他。塔拉巴斯杂乱的金色胡须从颧骨一直长到大衣领子外边。其他像他这么年轻的流浪汉总会每两周至少刮一次胡子。马贩子心里想,这家伙肯定有什么要藏着掖着的。他在胡子后边藏着的是什么盗窃杀人的勾当呢?他可能会把锯子和斧子拿了就跑!这个小心的男人决定留意,在陌生人干活的时候看着他。只不过,这是塔拉巴斯这辈子第一次锯木头,他的笨手笨脚让马贩子心里更觉得不踏实。“听着!”他说着一把抓住塔拉巴斯大衣上的一个纽扣说道,“我看你从没干过活?”塔拉巴斯点头。“你是个罪犯?怎么着?你以为我会让你一个人待在我家院子里?然后你就到处偷看,然后晚上打劫我?告诉你,没人能骗得了我,我也不怕你。

我在前线待过三年,参加过八次冲锋。你知道什么是冲锋吗?”

塔拉巴斯还是只点了点头。

马贩子拿走了锯子和斧子,然后说:“现在走人!要不然我就把你送到警察局。你别在我周围再出现!”

“主与您同在,先生!”塔拉巴斯说,然后慢慢地穿过院子。

马贩子目送他离去。他裹在海狸皮大衣里觉得挺暖和,挺舒服。严寒让他那张冻红的脸反而觉得舒服,这是上帝的安排,也许甚至是想让作为一家之主的马贩子食欲旺盛。此外,他对自己的好眼力感到满意,一下就能看穿这个可疑的家伙,还用自己有力的大手让这家伙产生了敬畏之心。还有就是,他又有机会提到自己曾经参加过的八次冲锋了。这时,他突然意识到,陌生人没提工钱的事。也许他对一碗汤就满足了。这种想法让他心情平和了下来。他叫回了还没走到院子大门口的塔拉巴斯。

“我想再试试你,”这家的主人说,“因为我心肠好。你要多少工钱?”“随便给多少都行!”塔拉巴斯又重复了一遍。他开始锯木架上那根此前放得别扭的树干。马贩子就在跟前,他锯得很卖力,劲越来越大,感到肌肉里蕴藏着可观的力量。他干得很快,想躲过马贩子不信任的目光。马贩子越来越喜欢塔拉巴斯了,但对这个陌生人那无可否认的力气也有点怕。无论谁看着眼前有这么一个异类,都会有点好奇。所以男主人说:“来屋里吧,喝杯烧酒,暖和暖和!”

很久以来,塔拉巴斯第一次又喝到了烧酒。这烧酒不错,有力道,清冽,泡着各种草药。圆鼓鼓的大瓶子底漂着各种草药,就像海藻浮在水族箱里,呈现出亮绿色,味道发苦。这是用家里那种好使的方子泡的酒,塔拉巴斯的父亲也常泡这种酒。烧酒在喉咙里燃起了一股短暂快速的热流,随即就熄灭了,变成了体内深处一股强大亲切的暖流。暖流流过四肢,然后上了头。塔拉巴斯站在那里,一只手拿着杯子,一只手拿着帽子。他的眼神流露出的那种赞许和满足,连男主人都感动了,有点同情他了,于是给他续了一杯。塔拉巴斯又是一口干掉。这时他的身体松弛了下来,思绪混沌。他想坐下,但又不敢坐。他突然感到饿,饿得不得了,双手好像可以探摸到胃里那个深不可测、空空如也的大窟窿。他的心搅在了一起,嘴大张着,两手在空中乱抓,觉得这短暂的瞬间长得不得了,他的手抓着一张椅子的靠背,扑通一声摔在地上。吓傻了的马贩子惊慌失措,不知怎么就把门给打开了。

马贩子的老婆从隔壁屋里冲了进来,把一桶冰凉的水浇到塔拉巴斯身上。他醒了,慢慢站了起来,走到了炉子边,一言不发地烘干了大衣和帽子，口中说道："上帝保佑你们！"便离开了房子。

疾病的闪电第一次击中了他。他已经感到了死亡的第一缕气息。

二十四

这一年，流浪汉都急不可待地盼着春天的到来。还要再等好久，这个难熬的冬天才打算离开这个国家。冬天在各处扎下了成千上万条细小、化解不开还分着叉的冷冰冰的根。它既深深地侵入地下，也高高地悬在地上。在地底下把种子冻死，在地上把灌木和草冻死。甚至连林子和路边树木里的汁液看起来都永远冻僵了。农田和草地上的雪融化得很慢，只有在中午很短的几小时才会化。但在阴暗的深谷，在路边的坟墓里，冬天还是明确而且顽固地蛰居在冰晶上。现在已经是三月中旬，房檐下仍挂着冰凌，即使在中午阳光的照耀下，也只有不到一个钟头的时间在融化。当阴影在下午重新降临时，冰凌又再次冻得硬邦邦、亮晶晶。林间大地还在沉睡，树冠间也还听不见一声鸟叫。天空依然故我地呈现出凛冽的湛蓝色，可春天的鸟儿却都躲着这种可怕的晴空。

如同冬天一样,新建立起来的国家的新法律同样也是流浪者的对头。在一个新的国家里,必须立有规矩。不能让人在背后指摘说这是个野蛮的国度,全无法纪纲常。新国家的头头脑脑都在旧国家的大学里学过法律和规章。新任工程师也都曾在旧技术高校上过学。最新式的机器无声、可靠而且精密,装上了安静却危险的轮子来到了这片新的土地上。人类文明中最危险的洪水猛兽——大型的报纸卷子——滑进新型的排字机,自动展平,将政治、艺术和科学文化覆盖其上,排版分栏,自动折叠,哗啦啦地飘进小城,飘进村子,又飞进大楼、小屋和茅舍。就这样,这个新的国家才算完美了。街道上警察比流浪汉多。每个要饭的都得有张证件,就好像他是有钱人似的。谁要是有钱,就把钱放进银行。在首都就有个证券交易所。

为了能去首都,塔拉巴斯盼着三月二十一日。这是拉库柏将军定的日子。塔拉巴斯还有五天时间。

他想起了和拉库柏将军的最后一次谈话。那个小个子没有多少时间。他催塔拉巴斯快点说。“明白了!明白了!”他说道,“走吧!”塔拉巴斯全都说完之后,拉库柏说:“好的。除了我之外,没人会知道您的事。您父亲也不会知道的。您可以在明年三月二十日前考虑好,是否要这么活着。然后写封信告诉我,我会安排的。”拉库柏说,“从三月二十一日起,此后每个月您都会得到津贴。”

“祝您平安!”塔拉巴斯说。没等拉库柏回答,没理会拉库柏伸出的小手,他就走了。

到现在已经四个多月了!塔拉巴斯偶尔会希望遇见他早先认识的人,希望这人现如今还能认出他来!这么做才是糟践自己最好玩的方式之一!那段恶贯满盈的时日——也就是说,塔拉巴斯管那些时日叫作恶贯满盈——他孤芳自赏般地回顾了自己那段短暂但却经历丰富的征途。在这条路上,不幸和困苦是他获得的奖章和奖状,其他从困苦和无名走上金钱与荣誉之路的人也都常常扬扬自得地回顾着自己的“成就”。塔拉巴斯无法克服某种对外表的虚荣心。他有时候站在反光的橱窗玻璃前,心满意足地用充满憎恶与愤怒的眼神端详着自己。就这样,他紧紧盯着镜子里自己的形象。有时候他会一直站在那里,直到脑海中重新出现自己原先的样子,出现他的制服和军靴。他看到刮了胡子和擦了粉的脸现在覆盖着蓬乱浓密的胡须,看到笔直的脊背已经稍微佝偻,心中又会一点点地生发出一种苦涩的欢愉。对,这个现在的你才是真正的塔拉巴斯!塔拉巴斯说道。当年,许多年前,当你和那些革命者打交道的时候,你的面目便已注定会如此。后来你在纽约街头到处游荡时，就已经是个可怜鬼了。你的父亲看穿了你，尼古劳斯！你朝父亲吐口水，这就是你和父亲的告别！那个不信上帝的红头发士兵看透了你，还有聪明的拉库柏也是一样。有的人知道，塔拉巴斯，你欺骗了世界，也欺骗了自己。你根本不配到处兜风显摆你的军衔，你的军服不过是你的面具。而你现在的样子才让我喜欢，塔拉巴斯！

在城市那些热闹的小巷子里，塔拉巴斯有时候就这样和自己说话，人们嘲笑他，把他当成一个傻子，他会马上就离开，因为这些人可以叫警察。他回忆起了纽约的三个警察，那三个和他擦肩而过的警察，那时候他还是迷信的胆小鬼塔拉巴斯。对此我也还要忏悔，他心中平静而愉快地念叨着。我要叫住警察，让他们当着街头小混混的面逮捕我。但那样他们就会知道我是谁了。每当他这样自言自语，每当这些回忆闪进他的脑海，离开他的脑海，他想抓住这些回忆的瞬间而不可得时，他都会感到身上一会儿冷，又一会儿热。塔拉巴斯发烧了。他常发烧，烧得直发抖。他强壮的身体开始消瘦，这已经可以明显地在他的脸上看出来，布满胡须的脸颊下陷，脚有时候肿，走路踉踉跄跄。在有些夜晚，他找到了遮风避雨的地方，可以把衣服脱下来，可他需要费很大力气才能把皮靴从脚上脱下来。那些见到他的流浪汉都用行家的眼神打量他浮肿的四肢，告诉他各种秘方：

用于草花屑洗澡，也可以用车前草茶、利尿的草药、假升麻和野浆果，还有人建议他试试睡菜、蕨菜和菊苣。他的病情多次引起大家彻夜的讨论。这些在自己变化莫测的人生中也经历了同样痛苦的人总是能凑到一起。但只要塔拉巴斯睡着了，他们就互相碰碰胳膊肘，做个手势彼此示意，知道此人已来日无多。他们对睡着的人画着十字，然后自己也心满意足地睡着了。贫贱之子也会眷恋人生，也会热烈地留恋大地。他们了解大地，知晓它的美丽与残忍。如果他们看到死亡在接近一个人，就会为自己的健康感到高兴。塔拉巴斯自己更关心的是他那双开裂的靴子，而不是肿胀的双脚。要是衣服也散了架，一双完好的靴子还是要有的！也许还有相当长的路要走呢，塔拉巴斯！

有的时候，塔拉巴斯不得不在走路的中间停下来坐坐，他心跳剧烈，手发抖，眼前灰蒙蒙一片，连最近的东西都看不清楚。马路对面一棵棵树变成了一排厚实且没有尽头的树干和树冠，成了一堵看不清又穿不过去的树墙。这堵墙遮住了天空。他坐在空地上，就好像坐在没有空气的房间里。沉重的分量压在他的胸口和肩头上。塔拉巴斯咳着，吐着痰。渐渐地，眼前的迷雾消失了。路边的树木重又分明起来，周围的一切重又恢复了本来的面目。塔拉巴斯又可以接着走路了。

他还有两个小时就能到首都。有个往城里送牛奶的农民停下了车，向他招手，请他上车。“感谢上帝！我这里的奶足够。”农夫在路上说，“你要是渴，就喝吧！”塔拉巴斯自从儿时起就再也没有喝过牛奶了。现在，当他坐在装得满满的牛奶桶中间，可以清楚听见浓稠的牛奶在桶里摇来晃去，咕咕作响，手里拿着一瓶雪白的牛奶往嘴边送时，感动极了。他好像一下子看到了主的赐福，是的，这正是牛奶的奇迹，这种世上白色、浓稠、无邪的液体的奇迹。牛奶是理所当然、本应该有的东西，没人会想到这会是个奇迹。乳汁生成于母亲的体内，在她们的体内，温暖、红色的血液变成了清凉、白色的乳汁，这是人类和动物的第一口粮食，是大地对它的新生儿喷涌出的白色的问候。“知道吗？”塔拉巴斯对奶农说，“你在路上送的可是了不起的东西！”“是的！是的！”农夫说，“我的牛奶好极了。在整个库克，在我们村子里，你再找不到这么好的了！我有五头奶牛，她们都有名字：提帕，乐乐，克洛瓦，杜莎和卢娜。最棒的要数杜莎了，是个可爱的牲口！你真该看看她！肯定会一下就喜欢上她的。她的奶最好！她额头前有块褐色的斑。其他几头奶牛都是白色的，但就算没有那块褐色的斑块，我也能认出她来，从她的眼神里认出来，你明白吗？从她尾巴上，她那可爱的小尾巴上，还可以从她的声音里认出来。她就像一个人,和人一模一样。我们一起生活得很好!”

他们到城里了。塔拉巴斯下了车,去了邮局。这是邮政总局,一个壮观的新建筑。他在一位女士那里买了信纸、信封和一支自来水笔,女士管理着宏伟大门前的一个小小的纸制品商店。然后,他在邮局的大厅里靠着一个斜面桌,给拉库柏将军写了封信。信中写道:

尊敬的阁下,将军!

谨遵成命,今天是我奉命报到的日子。在此我还想向将军阁下提两个请求。第一,如承蒙许可,请将我的津贴用金币或银币支付。第二,请允许我在不被别人看到的时间里取走这些钱。请允许我在邮局收取回复。

万分感谢阁下,崇敬之至。

尼古劳斯·塔拉巴斯上校

留局自取

他把信寄了出去,然后蹒跚地走去了收容站,这是个按照西方模式新建造的完美无缺的收容站,是安置无家可归者的地方。塔拉巴斯和其他许多人在这里除掉了虱子,洗了澡,把自己搞干净了,还领到一碗汤。他还领到一个铁皮号码和一个用化学药剂清理过的硬草褥子。

躺在这上边，他一觉睡到第二天早上。

在邮局“留局自取”的窗口，放着拉库柏将军亲手写给尼古劳斯·塔拉巴斯的一封信。“亲爱的塔拉巴斯上校！”将军写道，“如果您今天或明天中午十二点左右来邮政总局的话，会有个年轻人找您并亲手交给您津贴。您不用怕暴露。对我们新的军队而言，对您的父亲，对这个世界而言，您已经死了，已经被忘记了。拉库柏将军。”

中午十二点的时候，大部分办事窗口都关闭了，办事员也都走了，大厅里显得空荡荡的，有个年轻人对塔拉巴斯打招呼。“上校先生！”年轻人说，“请在收据上签字。”塔拉巴斯得到了八十枚五法郎的金币。“请您原谅！”年轻人说，“我们无法把所有的钱都折成金币。我们会尽量去办。一个月后的今天，还是这个时间，我们再在这里碰面。”

塔拉巴斯走到了大门前，站了一会儿——立刻又掉头走向宏伟的大门。邮局大门前的广场上停着几辆车，马车拴在路灯柱子上，另外还停着几辆汽车。这是春天一个暖和的日子。中午的阳光亲切地洒在宽阔的石头广场上，没有留下影子。马儿把脑袋深深埋进挂在旁边放有燕麦的草料袋里，兴高采烈地咀嚼着，好像它们的内心也能感受到阳光带来的欢愉似的。忽然有一匹套着轻便两轮小马车的马儿从草料袋中抬起头来，昂首嘶鸣。这是匹漂亮的马儿，有着银灰色的皮毛，巨大均匀的棕色斑块。塔拉巴斯一眼就从它的脖子、嘶鸣声和棕色的斑块上认出它来。

他走进了大厅，坐在条凳上等着。

当中午休息时间结束，办事窗口重新打开，人们又开始挤满大厅的时候，塔拉巴斯的父亲出现了。他老得厉害，拄着两根拐杖。从两根拐杖上可以看出这是位有钱人。他手里是带银色羚羊角的乌木手杖。老人的嘴唇上向下深深地垂着浓密的银白色山羊胡，在嘴唇正中分成两绺，修整得恰到好处的胡子尖挨着高耸的雪白衣领。老塔拉巴斯摇摇晃晃地穿过大厅。平头百姓给他让出了路。在石板地砖上，可以听见他那沉闷的脚步声和两支手杖嗒嗒嗒近乎幽灵般触地的声音，手杖的末端插进厚重的橡皮塞子里。办事员从窗户里伸出头来弯下腰。“啊！老爷！”办事员说。小塔拉巴斯离开了条凳，靠近了窗口。他看见父亲把一支手杖挂在窗口的板子上，拿出钱包，费力地取出几张证券递给办事员。然后他离开了。他几乎碰到了自己的儿子。他的目光一直朝着地，没有向四周看，摇摇晃晃地走了出去。

尼古劳斯跟着他。他从门里看到，有个好心人帮老人上了小车。两根手杖靠在他身边，在马车夫的高座上。他把缰绳拿在手里，马儿拉动了车。老塔拉巴斯赶着车走了，回家了。

回家。

二十五

有一天,已经是五月底的一天了,塔拉巴斯觉得到了该回家看看父亲、母亲和妹妹的时候了。在流浪期间,他曾多次来到他们村子附近,但都远远地绕开了。他还没有准备好,因为重新看到家乡是要做好准备的。塔拉巴斯已经和整个世界隔离了。但他还是害怕回到家乡。他不爱父亲,从来没爱过自己的父亲。他已经想不起来父亲什么时候曾经吻过他或者打过他。老塔拉巴斯很少发火,同样也很少有好心情。他在家里如同一个陌生的国王,主宰着老婆和孩子。一套简单明了且不容商榷的家规规定着他的白天、他的晚上、他的饮食、他的举止和他孩子及孩子母亲的举止。好像他自己从来没有当过年轻人似的,好像他带着这套现成的规矩,带着按部就班的作息时间表和人生规划降临到这个世界上一样,是按照某些特别的法规被制造、被生出来,遵照有规律却违反自然法则的规定长大成人似的。很可能他从没有经历过情欲,肯定从没经历过困苦。他的父亲很早便死于非命，据说“死于事故”；但没人知道是什么样的事故。小塔拉巴斯还是个孩子的时候，曾经臆想过祖父的各种死因，比如死于狩猎，死于和群狼、野熊的搏斗等等。祖母在世时还曾经有几年住在儿子家里，她去世后，塔拉巴斯的妹妹就搬进这间房子住了。当时他的妹妹才十岁，挺害怕去世的祖母再回来。祖母在世的时候，像个威严的幽灵一样在房子里走动。她高大强壮，头上戴着一顶宽大、上了浆的雪白女帽。壮实的身体穿着上了浆的黑色丝绸衣服，这是种硬丝，显得庄重。她那苍白多肉且柔软的手里拿着一串紫色的十字架念珠。她每天都从楼梯走到厨房，一句话不说，只是点点头便算是接受了仆人和厨娘的屈膝礼，然后她缓步庄重地走过院子，走向牲口棚，用那双栗色的、眼球突出而且总是湿乎乎的大眼睛冷冷地瞟伙计一眼，随后转身而去。她这样做没有明显的理由，可能仅仅是为了向人们展示自己那无声的威严依然活跃着。吃饭的时候，她总是坐在桌子的上首。在汤被端上来之前，父亲、母亲和孩子们会走到她身边，亲吻她那双柔软、干瘪和苍老的手。祖母在场的时候大家一声不吭，只听得到喝汤的声音和勺子轻微的响声。喝完汤，在肉菜端上来之前，祖母就会离开桌子。她去睡觉了。没人知道她是不是真睡。晚上的时候她又会出现，待上一刻钟后又没影儿了。尽管她一言不发,也从不掺和家里和院子里的什么事,很少被人看到,但也许除了她儿子之外,老太太的在场对所有人而言都是个无声而且难以忍受的重负。家里的佣人都恨她,管她叫“影子女王”。她那永远湿乎乎的眼睛闪着恶毒的寒光,无言的傲慢唤起的是大家对她的一种默默的渴望复仇似的恨。人们其实很想用什么方法干掉这个影子女王。就连孩子们,尼古劳斯和他的妹妹也憎恨祖母那无声却可恶的,就像被隔音材料包裹着一样的威严。当有一天她悄无声息地突然死去,如同她悄无声息地活着时一样,家里所有人都长出了一口气——但也只是那么一会儿。父亲继承了祖母的遗产:她那死气沉沉、冰冰冷的威严。从此,父亲就坐在了桌子上首的位子。从此,在开饭前,孩子们都要亲吻他的手。他和他母亲的不同之处仅仅在于,喝完汤后他还一直坐在那儿,胃口不好也要吃完肉菜和饭后甜品才去午睡。原先他母亲还在世的时候,他偶尔会在她不在场的时候说上几句,甚至讲个笑话什么的。现在母亲去世了,他好像把老人所有的阴郁沉闷都给发扬光大了似的。继母亲之后,现在他也被称为“影子国王”。

他老婆逆来顺受,绝不反抗。她经常哭。眼泪使她流尽了大自然赐予她的那点微不足道的活力。她瘦弱苍白,下巴凹陷,眼圈总是红红的。无论穿什么衣服,外面总要罩个蓝围裙，活像个女佣，像个享有特权的厨娘或女管家。她整天的大部分时间也都待在厨房里。她的双手又硬又干，有时她用手不好意思地，几乎像做了什么见不得人的事似的，害怕地抚摸孩子们时，都闻得见一股洋葱的味道。只要她把手伸向孩子们，她的眼泪就不停地流，好像在为自己给了孩子们柔情而哭泣。塔拉巴斯和妹妹开始躲着母亲。每次和母亲的接触都不可避免地变成了闻洋葱，看眼泪。这让他们感到害怕。

尽管如此，这也是故乡。比父亲阴暗的威严和母亲哭泣的软弱还要强大的是桦树银色的魔力、冷杉林昏暗的神秘、秋天烤土豆的香甜气味、蓝天中小云雀欢快的鸣叫、风声单调的歌唱、四月的云欢乐明快的移动、冬日夜晚小屋里女仆讲的阴森森的童话、火炉里新点燃的木柴的噼啪作响、燃烧时树脂散发出的油腻气味，以及窗前落雪反射进没有亮灯房间里时的那种幽暗恐怖的光。所有这一切都是故乡。遥不可及的陌生的父亲与可怜的无足轻重的母亲都得到了点儿这种感觉的力量，塔拉巴斯对故乡的大自然有种柔情，他把柔情的一部分给了父母。他回忆起故乡大地的甘甜和力量，这种回忆就像一层和解的薄纱，完全裹住了对父母的陌生感。

啊！他害怕重见故乡！他已经太过虚弱。一个人可以离开权力,避开战争,脱掉军装,也可以不去想念玛利亚,抛弃渴望把像塔拉巴斯这样的男人拥进怀抱的女人的情欲,但他绝对离不开家乡银色的桦树。塔拉巴斯看到的那个拄着两根手杖的老人已经来日无多了吗?——母亲还在世吗?——他不知道,唤醒他思乡之情的并非是看到了跛腿的父亲,而是因为那突如其来的马的嘶鸣和它身上那银褐色的斑块。那是整个故乡的呼唤。

第二天一早,天上下着伤感的细雨,这是春天一场舒缓的好雨,塔拉巴斯踏上了去科里拉的路。

大概上午十点,塔拉巴斯来到了桦树大道的起点,这条路通往他父亲的房子。是的,这条路上的坑坑洼洼还是当年的模样,还像当年一样,坑里填着鹅卵石。塔拉巴斯认识每一棵树。要是这些桦树有名字的话,他肯定能叫出每棵树的名字来。路两边铺展着宽阔的草地。就连这些草地也属于科里拉的主人。不知道从什么时候开始,这块草场就一直保持着这副样子,人们想通过这种方式向别人显摆,咱有的是钱,更富饶的土地都空着呢。当然,战争荼毒的铁靴也践踏过这片土地,可塔拉巴斯家族肥沃的土地总是能孕育出新的种子,发出新芽、长出新草,这是片丰田沃土,是不用怎么管的膏腴之地,它活过了战争,比死神还要强大。就连尼古劳斯·塔拉巴斯,尽管这块土地已不再属于他了,作为这片土地最后的后裔，他也为它而感到骄傲，为这个胜利者感到骄傲。现在他必须特别小心，因为他知道，但凡有陌生人越过从门口数的第六棵白桦树，后面院子里的狗就开始叫了。他尽量蹑手蹑脚地走，但这次没法再绕路，穿过沼泽中的那条长着柳树的小径进到院子，再爬上长满葡萄藤的墙进屋了！他吧嗒吧嗒轻声走上了低矮的六节台阶，台阶通往被刷成白色的宽大房子，大门是铁锈色。他像乞丐一样犹犹豫豫地拿起了一个挂在门上用生锈铁丝缠着的槌子敲了敲门。他等着。

他等了很久。有人开了门，是个年轻的仆人，塔拉巴斯从来没见过。这个人马上说："塔拉巴斯先生不喜欢要饭的！""我找活干！"塔拉巴斯回答道，"我饿极了！"

年轻人让塔拉巴斯进来，带他穿过黑暗的走廊——左边是玛利亚房间的门，右边是通往楼上的楼梯——走进了院子，止住了狗叫，然后让塔拉巴斯蹲在木柴堆上等着，许诺说等下就回来。

但他没有回来。来的是个长着花白络腮胡子的老头。"卡布拉，图卡斯！"老头叫了一声那两只狗。它们跑上前来。这是老安德烈。塔拉巴斯一下就认出来了。安德烈变化很大。他小心地摸索着走过来，头向前伸着，吧嗒吧嗒拖着脚。刚开始，他好像没看到塔拉巴斯。然后又往前挪了几步，一直往前伸着头张望着，后边跟着两只狗。终于他看到了柴火堆上的塔拉巴斯。“别出声！”老安德烈说，“要不然东家会过来。我马上就回来。”

他吧嗒吧嗒拖着脚走了，过了几分钟又回来了，手里拎着一个冒着热气的陶制锅子和一柄木勺。“吃吧，吃吧，亲爱的，”他说，“别怕！主人睡觉了。他每天都睡半个小时。你可以在这里待这么长时间。如果他醒了，就有可能到院子里来。原来他不是这样的！”

塔拉巴斯吃了起来。吃完后，还用木头勺子把锅底和四壁刮了个干干净净。“小声点儿，小声点儿，”安德烈说，“小心让老爷子听见了。”

“我是负责，”他接着说，“打理这家里一切的。已经有四十年了，我一直在这家里。我还认识老太太，我们东家的老母亲，认识他的儿子。我看着家里的两个孩子呱呱落地。后来我还看到了老太太的去世。”

“他家的儿子去哪儿了？”塔拉巴斯问。

“一开始，他犯事跑到了美国。后来参战了。大家一直都等着他。可他消失了。此前不久，在去年秋天，有个邮差送来了一个盖了戳的黄色大信封。那是个中午。我当时正在伺候午饭。现在是年轻的尤里叶干这活儿，就是给你开门的那位。我看到东家收下信，给邮差签了一个条子。我给他从书桌里取来眼镜，然后东家就在那儿自己看信，随后他把眼镜摘了下来，对他老婆说：‘已经没希望了。拉库柏将军亲自写来的信！你看吧！’接着把信递给了她。

“她站了起来，把刀叉扔了过去，尽管我还在屋子里站着，她喊道：‘没希望了！你这么对我说！你敢这么对我说！你不是个人！’她就这么喊叫着离开了屋子。你要知道，人们只看到过哭红眼的女东家，可从没听她说过一句话。现在她突然一下子喊了起来。她从屋里走了出去，摔倒在门槛上。她在我们这儿病了六个星期。当她重新站起来时，一句话都没说（但其实心里肯定难过极了）的东家也病了。我们让他坐进轮椅，推着走了几个星期，现在他能拄着两根拐杖一瘸一拐地走了。”

“你自己怎么看这件事的？”塔拉巴斯问。

“我自己——我从没想要说什么。上帝这么安排的！有人说，东家把所有的财产都捐给了教会。公证人和牧师都来过了！你怎么看这事儿？这么多财产给了教会！东家现在成了他们自己房子的房客。每个月东家都驾车进城。尤里叶有次陪他一起去，告诉我东家在邮局付房租。他还握得住赶车的缰绳。每次他高高地坐上车夫的位置时，就和健康人一样！”

“你知道我在哪儿能上厕所，老人家？”尼古劳斯问道。

老人给他指了指过道。

塔拉巴斯无法抗拒心中的一个完美计划，于是决定毫不迟疑地执行这个计划。他一步四个台阶，飞快地走上楼梯。他打开了自己屋子的门。百叶窗关着，灰暗阴冷的暮色笼罩着整个房子。这里一切没变。右边还放着那个柜子，左边还是那张床。有人把床单收了起来，床上只放着一个有红白条纹的硬床垫，看上去像是一张床的骨架，可怕的、剥了皮的骨架。一件绿色的旧大衣挂在门边的钉子上，塔拉巴斯小的时候穿过这件大衣。床脚放着一双系带子的鞋。

塔拉巴斯抓起这双鞋，又一左一右地把一双靴子塞进包里。他关上门，仔细听了听，像从前一样，两手把着楼梯扶手向下出溜下去。他打开了通往饭厅的门。父亲正睡在窗边靠椅上。

塔拉巴斯站在了门槛边。要是有人看到他，他可以说自己走错了。他站了一会儿，心灰意冷地看着父亲呼哧呼哧的面颊，看着他上下起伏的八字胡。靠椅扶手上父亲的手一动不动，两只手骨瘦如柴，手背上粗糙的血管清晰可见，一层薄薄的皮肤下，是肿胀的、僵硬的大血流。曾几何时，塔拉巴斯也亲吻过这双手。那时这双手还是黝黑的，肌肉发达有力，手上可以闻到烟草、牲口圈、土地和风的味道。曾经的这双手不仅仅是手，还有点像父权、皇权的权杖，这是一种特别的手,是只有父亲,只有他父亲才可以有的那种手。窗户大开着。可以闻到带甜味的五月雨水和栗子树花开的味道。父亲的嘴唇在浓密的八字胡下面看不见,随着每下呼吸一张一合,会发出稀奇古怪,甚至滑稽的鼾声。这鼾声像是对睡眠和睡觉人尊严的嘲讽,它也破坏了儿子本想表达的虔敬之心。他渴望对父亲怀有冰冷的敬畏之情,甚至渴望着父亲仍能像从前一样使他畏惧。但他更同情这个稍显滑稽可笑的睡着的人,他像昏了过去一样,无助地听任自己虚弱的、拼命喘气的、呼哧呼哧作响的器官的摆布。他根本不像一位有权势的君王,倒是更像睡眠和疾病的古怪牺牲品。尽管如此,作为儿子的他还是有那么一瞬间觉得有义务去亲吻父亲无力的手。是的,有那么一瞬间,他觉得自己就是为这个目的回来的。这种感觉是那么强烈,以至于他不再顾及有人偶然推门进来时面临的危险。他悄悄地走近了靠椅,小心地跪了下来,轻轻地在父亲手背上送上了一吻。他随即转过身去,悄无声息地大跨三步来到门边,小心按下门把手,然后穿过走廊。他走进了院子,重新坐在了安德烈边上。

“怎么样?你在那个安乐窝待得够久了。”安德烈开了个玩笑,“一年前我们才让人安装的新抽水马桶。现在是英式的。好几拨宿营的人把马桶搞得一塌糊涂。”

“非常精致的马桶，”塔拉巴斯说，“可惜，没人能继承下去。”

“对，我家小姐会在这里住下去。如果她还结婚的话，听说她还能得点遗产。但她怕是找不到人家了。远近所有地方的男人都死绝了，那些配得上的男人。可惜我家小姐也不漂亮。她看起来差不多和她妈一个样了，干瘦、病怏怏，眼睛总是哭得红肿。玛利亚小姐就不是这样。她现在德国，和一个德国人跑了，有人说那个人娶了她，但我不相信。她也曾经和我们家少爷订过婚，说什么的都有，有人说少爷等不及婚礼了。老话说得好，一朝被蛇咬，十年怕井绳。这位玛利亚小姐可享了战争的福了，有人这么说。现在，那位德国先生也会发觉……”

“家家有本难念的经，有钱人家也如此！”塔拉巴斯说道。

“他们根本就不算有钱人家了，”安德烈接着闲扯，“这些可怜的老爷！在俄国其他地方，人们把他们所有的东西都拿走分给老百姓了。上帝保佑我，我算走运，还能待在这里。但是——看，女主人来了。”

她穿着一身黑色长衣，戴着黑色的尖顶女帽，头低着，抖个不停。塔拉巴斯只能看到她微微泛黄的苍白皮肤和鼻尖的轮廓。她迈着蹒跚的碎步横穿过院子。一群嘎嘎叫的母鸡扇着翅膀吵吵闹闹地向她问候。“她去喂鸡,这个可怜的女人!”安德烈说道。

塔拉巴斯看着她。他听到母亲模仿着母鸡,嘴里发出咯咯哒的声音,沙哑的声音,高声啼叫和啾啾尖细的声音。一撮灰白头发从便帽垂下挂在脸上。母亲自己也有点像一只咯咯叫的母鸡。她看起来特别笨拙,像个黑衣白发的小丑。毫无疑问,这群傻乎乎的鸡真的就是她多年来唯一的交流对象。她的肚子生了我,她的乳汁养育了我。她的歌声伴我睡觉,塔拉巴斯心里想。这是我的母亲!

他站在那里,向她走去,走到了那群母鸡中间,他深深地鞠了一躬,轻声说道:“尊贵的夫人!”她抬起了消瘦的下巴,那双有红眼圈的小眼睛上边有几缕黄白松散的头发飘动着。她没有看塔拉巴斯一眼,转过身就喊:“安德烈, 安德烈!”声音沙哑。

就在这时候,上边的窗户打开了。老塔拉巴斯的脑袋露了出来。他喊道:“安德烈! 那个瘪三是谁? 立刻把他赶出去! 先搜一下他的袋子! 尤里叶在哪儿? 我和你们说多少次了,不要放叫花子进来! 你们这帮该死的东西!”老塔拉巴斯的声音都变了,使劲把身体探出栏杆,脸都涨红了。他尖声叫着:“把他赶出去! 滚! 滚!”后边又跟着骂了无数遍。

安德烈轻轻抓着塔拉巴斯的胳膊，带他走过背后的门。“上帝保佑你！”安德烈轻声说道。然后他重重地关上了沉重的大门。门轴发出了吱嘎吱嘎的声音，沉重决绝地撞进了锁扣。门还晃动了一会儿。

塔拉巴斯踏上了柳树下的路，那条沼泽中间的小路。

二十六

一个美丽干燥的夏天来了。但夏天并没有温暖塔拉巴斯的心。他把豁了口的破靴子扔在了父亲房子后边的沼泽地里。靴子很快就沉了下去，刚开始还冒了几个泡，之后沼泽地就恢复了一如既往的绿色。在那条柳树下的小径上，塔拉巴斯穿上了新鞋。真是双好鞋。整个战争期间，这双鞋都在床边等着他。他在美国时还穿过这双鞋。这双鞋现在穿着有点紧，当年他为了去接卡塔琳娜，每天晚上都穿着它走过纽约的石头马路。现在脚下这条路应该就是几年前遇见玛利亚的地方。他回想起当时看到玛利亚的靴带时心头充满的情欲和怒火，他俩一前一后地走在这条狭窄的小径上，小心着别掉进沼泽，他们意乱情迷，急不可待地想早点走到树林。这是那已经过去很久的人生中发生的事情了。回忆留在塔拉巴斯心中，毫无生命，冰冰凉，是一具回忆的躯骸。回忆就像一具石棺一样藏在他的心里。故乡的天空、故乡的草地、青蛙熟悉的歌声、雨天亲切美好的喧嚣，还有椴树刚开花的清香，以及那熟悉单调的啄木鸟嘟嘟声，这一切虽说塔拉巴斯都还能看见、听见和感受到，但对他而言已经全都死了，好像自从他吻别了沉睡父亲的手之后，不仅告别了父亲的房子、遗产和家乡，而且也告别了对这一切的感情和隐藏着这一切的过去。只要他在踏进父亲房子时心中仍然忐忑不安，那么父亲、母亲、妹妹和这片土地就依然还活在他心中，都还是他那活跃但危险的思乡之情所眷恋的对象。这种情感就也许有可能将塔拉巴斯从漫无目的的征程中唤回。多么愚蠢的恐惧！他的父亲现在是个陌生的留着八字胡的瘸子，母亲是个胆小怕事头发花白的傻子。要是说几年前他们心中还曾有过爱，那他们现如今也像尼古劳斯·塔拉巴斯自己一样空虚和冷漠了。就算他对他们说：我就是你们的儿子——他们那已经石化的心也不会再去接纳他。假如他们已经过世，假如他还能找到他们的坟，他会用温馨的回忆让他们活过来的，他们，连同这座房子。可他们现在还活着，他们走着，站着，睡觉，喂鸡，驱赶要饭的：他们是会动的木乃伊，他们把自己埋藏在木乃伊里。他们每个人都是自己会移动的棺材。塔拉巴斯从那条通往桦树大道的小树林走出来时,又绕了一圈转回来。他看到房子白色的、泛着微光的正面,那条大道到这里就终止了。房子前面是白桦林昏暗的银色。大雨就像流动着的厚重灰色帘幕将塔拉巴斯和房子隔开了。

早就该结束了!塔拉巴斯对自己说。

如今,就算夏日中午烈日当头,塔拉巴斯也越来越频繁地打着寒战。他那高大的依然健壮的身体发着烧,无论是在整个美好的夏天,还是在一个特别有个性的冬天,发烧一直陪伴着他。冬天总是喜怒无常地给塔拉巴斯突然一袭。塔拉巴斯已经放弃抵抗,如同无人能抵挡随身相伴的影子一样。他有的时候虚弱地躺在路边,觉得美好的阳光和如洗的天空犹如要穿过厚重、冰冷的玻璃墙才能照到自己似的,他感到冷,冷得发抖。他躺在那里,等待着前胸后背的疼痛和可怕咳嗽的袭击。袭击现在变得有些规律了,等着所有这一切的出现就像等着忠诚可靠的敌人一样。有的时候塔拉巴斯嘴里会流血。血会染红山坡上柔和的绿色或者路上土地的浅灰色。塔拉巴斯见过许多血,也让别人流过血。他把血,这种红色液态的生命,吐了出来。血从他嘴里一滴滴地流出。有时候,他觉得自己快要变得特别虚弱时,会走进一家小酒馆,从自己的小袋子里翻出钱来,喝上一杯烧酒,然后就会有以前曾经有过的饥饿感,好像自己的身体还能回想起那个曾经的塔拉巴斯似的。胃还有饥饿感，喉咙还会觉得渴。脚还想走路，还想休息。手还想抓，还想握。夜幕降临时，眼睛会闭上，塔拉巴斯会睡觉。而当新的一天降临时，塔拉巴斯却好像不得不叫醒自己，咒骂身体的每个部分，因为全身上上下下都那么慵懒和疲惫。他命令自己的脚走路，给双脚发号施令，就像他曾经命令自己的团开拔一样。

塔拉巴斯每个月的十五号都照例会出现在首都邮局的大厅里。那个年轻人照例在等着他，交给他津贴。这种相见也有一种少言寡语的仪式。年轻人毕恭毕敬地摘下帽子，塔拉巴斯把两个手指放在帽檐边。塔拉巴斯签完字，年轻人就说："多谢！"然后再摘下一次帽子。

有一天年轻人比平时多待了一会儿，他端详着塔拉巴斯，然后说："请恕我直言，上校先生，您应该去看医生。我要不要给将军阁下捎个话？"

"什么都别说！"塔拉巴斯说。

塔拉巴斯在体重磅秤的小镜子里瞧着自己的脸，这架磅秤是不久前人们放置在邮局大楼的大厅里的，好让大厅完美地实现现代化。他看到自己眼窝深陷，两边太阳穴上布满了蓝色的毛细血管。他站到了磅秤的平板上，在自动机上投入一枚硬币。正好四十九公斤。

塔拉巴斯就像一个现在明确知道该干什么的人那样微笑着走了出去。他离开了首都，走上了几个月前他乘坐农民运奶车来首都时的那条路。这条路在一英里后分成两条岔路。在这个地方竖着两个老旧的风化严重的带箭头的木牌，左边的牌子上写着几乎消失的字：科里拉。另一块木牌上的箭头指着右边的科罗普塔。塔拉巴斯踏上了去往科罗普塔的路。

他慢慢地走着，慢得几乎让人生疑。他不想在夜幕降临前抵达这座小城，好像这样做能延长他所期待的喜悦似的。他期待着一个不可剥夺的幸福，这种幸福肯定在科罗普塔等着他。看见这座小城的第一排房子时，已经是傍晚了。他的心脏开始快速、欢乐地跳动。再拐一个弯就可以看到"白鹰"客栈的墙了。塔拉巴斯让自己歇了歇脚。隔了很久以后，他第一次感受到了这个世界夏日的平和。没有高烧来折磨他。在傍晚的霞光中，一群被阳光映衬成金黄色欢快舞动的蚊虫在塔拉巴斯眼前飞来飞去。他仔细观看着这场演出。他心怀某种敬意地看着。夕阳西下，蚊虫消散，塔拉巴斯站了起来。他来到克里斯蒂安颇勒的客栈时，夜幕已然降临。菲迪亚站在褐色大门前的梯子上，正往大红灯笼里添加灯油，红灯笼挂在墙上突出的铁柱上。

"耶稣祝福您！"塔拉巴斯朝上边的菲迪亚喊道。"直到永远，阿门。我马上下来！”菲迪亚勤快地回答。他手中拿着一个罐子爬了下来，说道：“进来吧！”

塔拉巴斯坐在院子里的一个桶上，看到“小库房”就在跟前。它刚刚重新粉刷过，墙刷成白色，新大门漆成黑色。菲迪亚端来了肉、土豆和啤酒。塔拉巴斯指着“小库房”问：“那里是什么？”“现在是个小教堂！”菲迪亚说，“好久没人知道这事了。有一天，这里突然出现了圣母像，简直神了。你想想，就这么自己出现了！圣母突然从墙上走下来，伸出双臂，为睡在这里的士兵赐福。然后大家开始揍犹太人，结果牧师来了布道说：这不是犹太人的错。我自己的东家，这家客栈的老板就是犹太人。他真的就像第一场雪一样纯洁。现在他居然把这间小库房改建成了一间小教堂。在这儿礼拜天作弥撒。这也带来了生意。农夫们几乎等不及弥撒结束就急着来酒吧。我们忙得要命。礼拜天挣得比平时猪市那天还多！”

这期间，塔拉巴斯高高兴兴、不紧不慢地吃着，把盘子吃得干干净净。天黑了下来，克里斯蒂安颇勒已经点着了吧台间里巨大的圆形炉子。

“现在我得走了！”菲迪亚说着从塔拉巴斯手里拿走了空盘子。他其实想说：你也走吧！——但他还等着。

“你还要赶远路吗？”他问道。

“不，”塔拉巴斯说，“我差不多已经到家了！”他站了起来，谢过菲迪亚，然后沿着科罗普塔的主要大街走去。在街道两边，人们已经开始重建烧毁和损坏的小房子了。在那些建了一半的房子前，已经再次坐着饶舌的女人。姑娘们挥舞着胳膊，撩起裙子，把新养的母鸡、鸭子、鹅赶回过夜的窝里。吃奶的婴儿小猫一样依呀叫着，还听得见孩子们的哭闹声。犹太人身穿黑袍，匆忙地走出他们的小店。他们开始给形形色色的小铺面关门落锁。铁杆子丁零当啷响。刚刚升起的星辰已经开始闪烁。

塔拉巴斯径直走去。在主路的尽头，有条小路拐进草地。小路通向犹太人的墓地。低矮灰色的墙在夏夜的蓝色中泛出微光。门是锁着的。守墓人和掘墓人的小房子里还点着灯。塔拉巴斯悄无声息地爬过了墙。在几百个同样形制的石碑行列里，塔拉巴斯摸索着走来走去，擦着了一根火柴，照亮了那些自己不认得的有棱有角的字母，仔细端详着陌生的图像：两只祝福的手掌平放，四个手指和拇指分开，指尖紧靠。图像上还有背上长着鹰翅的狮子，一个六角星，两张打开的书页上边写满了认不得的字母。在坟墓最后一排前，有一间斗室用来停放死去待埋的犹太人。塔拉巴斯用双手把土刨开，挖出一个小坑，把脖子上挂着的两个袋子中的一个打了个结，放在小坑里，埋上土，用手拍平。一只小鸱鸮叫了起来，一只蝙蝠扑扑振翅，夜晚的天空铺开一片深沉亮丽的蓝色，点缀着闪闪的星辰。埋的是红胡子，塔拉巴斯心里想，它可把我吓坏了。现在把它给埋了。随后他又爬上了墙，朝原路走了回去。小城科罗普塔寂静无声。只有狗听见塔拉巴斯走过来时叫了起来。

塔拉巴斯找到了一处睡觉的地方，就在一座刚开始重建的小房子里，还有潮湿的灰浆和新鲜的熟石灰的气味。塔拉巴斯睡在一个墙角，太阳升起时他醒了，走了出去。他遇见了第一批虔诚的犹太人正在赶往犹太教堂，他拦住这些人问舍玛利亚德住在哪里。他们对这个问题感到奇怪，不说话还仔细端详着塔拉巴斯。“别怕！”塔拉巴斯说道——他说这句话时，觉得有人在笑。还有人会怕他吗？他一辈子第一次说出这话来。当他还是那个强大的塔拉巴斯时，他会这么说吗？

——“舍玛利亚德和我是老熟人，认识很久了。”他接着说。犹太人交换了一下眼神，然后有个人说：“去小贩尼森那里找舍玛利亚德吧，就在市场前的第三家，是个蓝色的小店。”

小贩尼森坐在一个铜茶炊前，里边煮着玉米，他周围摆放着各色商品，正等着顾客。一个肥胖迟钝的老人，长着灰白的胡子和将军肚。在科罗普塔，他是受人尊敬的人物和地地道道的热心肠,在他看来,行善积德将来定能升入犹太人的天堂。“是的,”他说,“舍玛利亚德住在我这里的阁楼上。这个可怜的傻子!您原来就认识他吗?您知道他的故事吗?有个新来的叫塔拉巴斯的上校,是个挨千刀、不得好死的家伙!这个上校把可怜的舍玛利亚德的胡子揪下来了。他当时正要把托拉经卷埋起来。自从那以后,他就傻了,干不了活儿了。于是我就对自己说:收留他吧,尼森!还能怎么办呢?他在我这里就像一个兄弟一样生活着。您上去吧!”

舍玛利亚德住的地方是个很小的房间,一扇圆形的小天窗代替了窗户。一张木条凳上放着舍玛利亚德的红方格子被子。这条板凳是他睡觉的地方。塔拉巴斯进来时,他正坐在一张光秃秃的桌子前读着一本大书,嘴里念念有词。他以为是哪个熟人进来了,过了一会儿才抬起头来。他的脸骤然变得惊恐万分。恐惧如同冰冷的火焰,出现在他大睁的眼睛里。舍玛利亚德中断了口中的低声吟唱,直勾勾地盯着塔拉巴斯。他动了动嘴唇,却没有发出声音来。“我是个要饭的!”塔拉巴斯说,“别害怕!”——然后他说:“我想要块面包!”

犹太人舍玛利亚德花了很长时间才明白了他的意思。他听不太懂塔拉巴斯说的话,只能依据他的破衣烂衫、举止和手势来揣摩塔拉巴斯想要什么。他发出了一声刺耳的咯咯笑声,站了起来,害怕地贴着墙,一个肩膀半对着陌生人,一直吃吃地笑着往床边蹭。他从床垫下抽出了一块干面包放在桌子上,用手指了指。塔拉巴斯走近桌子,舍玛利亚德紧贴着床。塔拉巴斯看到犹太人干瘦的雀斑脸上有片稀稀拉拉银白色的胡子茬儿,中间有几个光秃秃的,像被老鼠啃的斑痕,这简直就是一个用刚长出的花白胡子做成的可怜兮兮的小花圈。

塔拉巴斯低下头,拿了面包说:“谢谢你!”他走了出去,走在通往地面的狭窄楼梯上就吃了起来。面包上留着舍玛利亚德身上的汗味和铺盖味。“他没认出我来!”塔拉巴斯在下边对老板尼森说道。“上帝保佑你!”“这里正好有个玉米熟了,”尼森说,“拿着吧,路上吃!”——人人都该对穷人好点,这位小老板心里说。但穷人也可能是个贼,不应该让他在店铺里待太久。

一切顺利!塔拉巴斯一边走一边对自己说。现在一切都妥了!

二十七

几星期后——夏天即将结束,栗子也已成熟,科罗普塔的犹太人准备着庆祝他们最大的节日——附近罗布拉修道院的那位和蔼的修士奥伊斯塔修斯走进了尼森的小铺子。罗布拉修道院仁慈的修士们收留并照顾病患，其中几个修士还是不错的医生。在科罗普塔，甚至有的犹太人生病后，不去军医助理或医生那里看病，而是去找这些修士。有时候，在某些特定的时节，会有两位修士到小城科罗普塔来为可怜的病人募捐。一种奇特的，混杂着信任、陌生、认可、尊敬和恐惧的感情占据着这些犹太人的心。犹太人对修士光头上戴着的那种小圆帽很熟悉，但这些修士腰里像武器一样挂着的沉甸甸的金属十字架却令他们尤为恐惧。从前，人们曾为实现可怕的目标把十字架扔给犹太人的先祖，十字架给地球上所有的人民带来了幸福，唯独给犹太人带来了诅咒和痛苦。有的修士曾经给某个犹太人拔过坏牙，用水蛭放过血，或切过脓肿。也许只有当犹太人受病痛折磨的时候，才会靠近帮助他们的修士。对疾病痛苦的恐惧可以让人暂时屏蔽其他的恐惧，即对于更可怕的流血的恐惧。在健康的时日，他们对虔诚的修士很是感激，但同时对他们又不信任。因为这些修士不像军医或医生那样收钱，所以大家都喜欢找他们看病，但在治好病后，人们心里却在嘀咕，这些令人无法理解的人为什么给犹太人看病不要钱。现在，这些虔诚的修士可能知道或猜到了他们的想法，于是他们巧妙地把摩西十诫和自己多多少少想隐瞒的目的连在了一起:摩西十诫是要通过虔诚的劝诫布施唤起自己的仁爱之心,而他们在这些聪明的犹太人面前多多少少想隐瞒的是他们那令人不解的自我牺牲的目的。在犹太人房子里,人们布施得很快,几乎是急不可待了。人们给修士送来了金钱、衣物和食物,东西堆放在门前,为的是不让他们再越前一步。修士们宽大下垂的灰色修士服,他们肥肥胖胖的身子,红光满面的脸,那永远的和蔼可亲,对冷、热、雨、雪和阳光的全无所谓:对犹太人而言,这一切简直不可理喻。犹太人总是担心这担心那,简直可以说在担忧中无法自拔。他们每天早上一醒就又开始为第二天担心,冬天来临前很久,还在霜冻之前,他们就已经开始发抖;在夏天的酷暑中,他们已经瘦成了皮包骨。他们心里总是忐忑不安,因为在这个国家里从来没有自己的家园,他们的内心早就失去了冷静平和;他们永远在爱与恨、愤怒与谦卑、反抗和大屠杀的漩涡中来回地打转。

多年来,他们已经习惯罗布拉的修士在一年当中的某些季节出现。但现在,他们在一个不同寻常的时间里看到了一位修士,于是就开始害怕厄运的降临了。他会带来什么?他要去哪里?他们心怀恐惧地站在自己的铺子前,随时准备躲起来。但那位和蔼可亲的、胖乎乎的修士奥伊斯塔修斯却对此全不知情，他提着长袍后摆，足蹬一双粗糙的双层底马靴，不紧不慢地走在污泥遍布的街道上，从那些怕得要命的犹太人身边走过。时不时地会有万分虔诚的农妇为了亲吻他的手，从木制人行道上跳过来。他对此已经习以为常了。他以一种机械呆板的尊严，伸出深色强壮的手，让女人亲吻，然后把手在袍子上擦一擦。犹太商贩畏惧的眼神一直跟随着他。大家看到他站在了尼森的铺子前，看看招牌，然后迈着大步走上了高出来的人行道，消失在铺子里。

小商贩尼森从小凳子上站了起来，既吃惊又害怕。奥伊斯塔修斯修士温和地微笑着，从袍子的深处抽出一个象牙做的小罐儿，递给犹太人一小撮鼻烟。犹太人把手探进罐子，打了个大喷嚏问道：

“尊贵的长老，您有何见教？”

“别怕，”修士说，“我带来了一个令人伤心的消息。我们修道院里躺着一个病人，他已经没几天活了！你这里住着一个叫舍玛利亚德的傻子。你干了一件善事！你收留了他！是啊，我希望所有基督徒都有这样的好心肠！”

尼森的心不那么悬着了，但依旧充满了不信任，他草草地应道：“上帝教导我们仁慈！”

“但人们很少听从上帝的指引！”奥伊斯塔修斯回答说，“你自愿给自己背上了一个包袱。和这个舍玛利亚德打交道一定特别不容易！你觉得我能和他说句话吗？”

“尊敬的先生，这不可能啊！”尼森回答说。他看着修士的袍子、念珠、十字架。修士明白他的意思，他说：“好，你愿意陪我一起去吗？你看，我那里躺着个病人，他说自己还不能死，他曾冤枉过这个舍玛利亚德。舍玛利亚德要先宽恕他才行。你明白吗？有可能，”奥伊斯塔修斯接着说，因为他决定对犹太人的理智做个妥协，“有可能他是烧糊涂了才这么说的，根本不知道自己说的是什么。但总要帮帮他，好让他安安静静地死去。你明白吗？”

“好！”尼森说，“我和你去！”

尼森在前边带路，领着修士沿着狭窄的楼梯爬上通往舍玛利亚德的阁楼，心中多少有点担心。他在门前说：“我先进去，尊贵的先生。”他走了进去，但让门开着。

舍玛利亚德抬头从手中的大书本望过来，就好像他永远都在读书一样。在他的房东和朋友尼森身后，他看到了灰袍修士那可怕、陌生和肥大的身形。他把书合上，站起身来，靠近墙。他现在站着，头靠在圆形小天窗的前面，这是他小房子里唯一的窗户，他使和蔼的修士奥伊斯塔修斯联想起了圣徒或耶稣使徒。舍玛利亚德向他的客人伸出瘦骨嶙峋、长长地露在袖子外边的双手。他的嘴颤动着，但什么都没说。

“舍玛利亚德,你听着,仔细听着!”尼森说着走近了桌子,“你不要害怕!这位先生来这里不是要把你关起来。他有个请求,他只想求你一件小事!你说行!——我们立刻就出去!”

“他想干什么?”舍玛利亚德问。

“有个人快死了,在他那里!”尼森用头指了一下修士,修士还一直站在门口,“这个人说,有位快死的人曾对你做过坏事!所以现在没法平静地死去。你该说,你没有怪罪他!你只要说行就可以。”

过了一会儿,舍玛利亚德离开了他躲着的地方。令尼森吃惊的是,他大声说:“我知道他是谁!他可以平静地死去!我不怪他!”

更让尼森大吃一惊的是,舍玛利亚德绕过桌子走到他身边,抬起右手,并拢大拇指和食指的指甲说:

“我对他没有那么恨!他可以平静地死了!把这个告诉他!”

二十八

在修士奥伊斯塔修斯的小屋里,在他的床上,躺着尼古劳斯·塔拉巴斯。他在等着。在砖石的地面上,在床的旁边生着火,这样病人会觉得暖和点儿。一个修士坐在床的另一头。

奥伊斯塔修斯走了进来,塔拉巴斯从床上坐了起来。

“他原谅了!”奥伊斯塔修斯说。

“您亲自对他说的?”

“我亲自对他说的。”奥伊斯塔修斯回答。

“他怎么样?他还神志清楚吧?他还能清楚地说话吧?”

“他非常清醒!”奥伊斯塔修斯说,“所有的事他都明白。他比人们想象的要聪明!”

“好的,好的。那他儿子呢?”

“他没说任何关于他儿子的事。”

“遗憾啊!”塔拉巴斯说,然后又重新躺在了枕头上。

“我想,”塔拉巴斯接着说,“埋在科罗普塔。请转告我的父母和妹妹,还有拉库柏将军。”

这是塔拉巴斯最后的话。他于当晚死去,正当太阳落山之时。夕阳透过小屋窗户的格栅,在被子上投射出八块红色金黄的方格子,在最后一秒钟,它还在上面轻柔地晃动了一下。

人们用一位上校应该享有的全套军礼把塔拉巴斯上校

埋在了科罗普塔，有哀乐，有礼炮。科罗普塔的犹太人也跟着去了墓地。

他的父亲拄着贵重的乌木双拐颤颤巍巍地来到墓前，戴着面纱的塔拉巴斯夫人和管家安德烈陪着他。

葬礼过后，他的双亲上了黑色的轻便马车。安德烈赶着车。在场的人没人在老塔拉巴斯眼中看到一滴眼泪。

轻便马车在路上超过了吹吹打打正在返回军营的连队。

修士奥伊斯塔修斯为死者订制了一块墓碑，一块漂亮的黑色大理石墓碑。奥伊斯塔修斯只知道关于塔拉巴斯的几个数字：生年，卒年。要是可能的话，他会让人刻上：一个该入天堂的傻子。但这么写又不合适。修士奥伊斯塔修斯于是绞尽脑汁地琢磨着一个合适的碑铭。

二十九

一个星期以后，修士和一个公证人去了犹太人尼森那里。他们三个人爬上了通往舍玛利亚德所住小阁楼的楼梯。舍玛利亚德直起身来合上了书。

他不再害怕陌生人。他起身站在桌边合起来的书前。

公证人当着两个证人的面，当着那位备受尊敬的修士奥伊斯塔修斯和商贩尼森·皮尼克的面宣布，科尔普斯犹太教堂的仆人舍玛利亚德是刚去世的年轻上校尼古劳斯·塔拉巴斯遗产的唯一继承人。遗产是满满一小袋金币，价值五百二十块金法郎，还有几张百元的纸钞。

公证人把钱放在桌子上。修士奥伊斯塔修斯和商人尼森点了金币，公证人重新把这些钱放回了小袋子，递过桌子交给了舍玛利亚德。

他在手上掂了掂袋子，哧哧地笑了，用左手拿着袋子。他把袋子握成一束，用右手的指头弹了弹，把它旋转得叮当响。他高兴地端详了好一阵，才把金币倒在桌子上。“我不需要这东西！”最后舍玛利亚德说，“你们拿回去吧！”

在场的人都没动，他默默地把袋子先递给公证人，然后递给尼森，最后又递给修士奥伊斯塔修斯。几个人都把袋子推了回去。

舍玛利亚德等了一会儿，然后他拿起袋子走到床边，把袋子放在了枕头底下。

三个男人离开了他。下楼梯的时候，公证人说：“可惜了那些钱！那个塔拉巴斯白活了一场！”“这可说不准！”修士奥伊斯塔修斯说，“这可没人知道！”

大家与尼森告别。

“我们去一趟克里斯蒂安颇勒那里吧！”公证人建议。

不久,他们就坐在了客栈里。那个独眼老板走了过来,说:“是的,现在他死了!”

“他曾是您的客人!”公证人说道。

“他曾在我这里住过很长时间!”犹太人克里斯蒂安颇勒回答道,“无论如何,他都是克里斯蒂安颇勒客栈里一位奇特的客人!”

“他曾是,”公证人说,“无论如何,都曾是大地上的一位奇特的过客。”

修士奥伊斯塔修斯听到了这句话。他决定把这句话刻到塔拉巴斯的墓碑上:

塔拉巴斯上校,

一位大地上的过客。

修士觉得这个碑文公正,谦卑,恰当。

三十

这些字句被写下时,距离那位奇特的人的去世已经差不多有十五年了。尼古劳斯·塔拉巴斯上校的墓碑上面竖着一个黑色大理石的简朴十字架,这是塔拉巴斯的老父亲出钱立的。今天来科罗普塔的陌生人已经无从寻找那些悲伤、神奇而又奇特的故事的踪迹。小城所有的房子都重新盖了起来,刷成白色。有个建筑委员会还按照西方的模式,负责监管所有房子同时刷新,这样它们看起来就都像士兵一样整齐划一。老牧师几年前去世了。傻子舍玛利亚德还活在商贩尼森的小阁楼上,守着那一袋放在枕头下没用的金币,连碰都不想碰一下,更别说拿出来给人看或出手了。这个国家的新政府发行了自己的金币,就像小贩尼森说的,原来的金法郎和金卢布价值损失很大。想和傻子舍玛利亚德讲明白这些事儿,根本就是白费力气。他只是哧哧地笑。也许这个傻子其实是在笑话聪明人。也许只有他知道,这些金币的价值永远不应与那些人们在这个世界的交易所和银行登记的金币相提并论。可以想象,商贩尼森心里也暗自希望哪天能继承这笔钱。这只不过是对他照顾傻了的舍玛利亚德所做善行的理所当然的奖赏。再说,有这笔钱也对其他穷人有好处。因为商贩尼森一直到死,都会是个乐善好施的人。这是他欠上帝的,欠他的名声的,也是欠他的生意的。(也许商贩尼森没说错。)

在整个科罗普塔,有时只有他和客栈老板克里斯蒂安颇勒在吃着腌豌豆喝着蜂蜜酒时,才会说起那个古怪的塔拉巴斯上校。他来到这座小城时是个暴君，却以一个可怜乞丐的身份被埋在了这里。在克里斯蒂安颇勒的小库房里，神奇的圣母像虽然还树立在小神龛前，但这里的礼拜却做得越来越少了。新的一代成长起来，他们对原先的历史一无所知。如同许多年前一样，他们现在已经在教堂里祈祷了。新的一代祈祷得本来就少。

有的时候猪市开集。小马嘶鸣，猪仔吱吱叫，农夫喝得醉醺醺的。伙计菲迪亚搀扶着他们，把他们拖到自己的车上，然后给他们浇上清冽的冷水。犹太人继续买卖玻璃珠、头巾、小刀、长柄刀和镰刀。

每年都有啤酒花商人来到科罗普塔。有些人看着小城干净，便会沿着主路爬上小山丘，那里有座教堂。他们漫步墓地时，可以看到这一奇特的铭文：

塔拉巴斯上校，

一位大地上的过客。

陌生人会走回克里斯蒂安颇勒的客栈喝杯啤酒、蜂蜜酒或者葡萄酒，向老板问道："顺便问一下，我在那儿看到了一座很神秘的坟墓！"

克里斯蒂安颇勒对这样的客人比对别的客人更有好感，

他自己也不知道是为什么。他会坐到陌生人的桌边,讲述塔拉巴斯非同寻常的故事。

“你们犹太人不再害怕了吗?”陌生人有时会随口一问。

“您想说什么?”克里斯蒂安颇勒常常会回答说,“人会遗忘。遗忘害怕和恐惧。他们要活下去,会习惯一切,他们要活着!就这么简单!他们也会遗忘那些美好的事,他们对非同寻常的事甚至比对司空见惯的事忘得更快。您看,我的先生!每个生命的终点都是死亡。我们都知道这点。可谁会去想呢?”

老板纳旦·克里斯蒂安颇勒就是这么对他觉得有好感的客人说的。——他是个聪明人。

译后记

《塔拉巴斯》是约瑟夫·罗特1934年在流亡时期创作的一部小说，讲述了一位沙俄前军官塔拉巴斯完成自我救赎的神奇经历。

在罗特流亡时期创作的许多作品中，主人公都会经历从“凶徒”到“圣徒”的心路历程。他们往往以冷血暴君的面目出现，但随着故事情节的发展，其内心世界却不断受到宗教信仰的冲击。在经历了一番挣扎后，善胜恶败，人性得以升华。在罗特看来，区别人善恶本质的界限，不关乎社会阶层或所持信仰，而在于人性中善恶所起的作用，在于个人身上所彰显的是人性善还是人性恶。因此，罗特才会创作出带有“圣徒”色彩的塔拉巴斯。当人性恶的一面占上风时，他是不折不扣的冷血暴君，但当人性善的一面被信仰唤醒时，他又能完成自我救赎。

读者不禁要问，像塔拉巴斯这样从第一次世界大战东线战场的尸山血海中走来的战争机器，居然也能够驻足于教堂的十字架前,完成人性向善的转化?在罗特笔下,只有根植于信仰的传统价值体系和道德标准才能促使人在其内心世界以人性为前提,形成正确的善恶标准。彼时受纳粹德国迫害而流亡异国他乡的罗特认为,当时社会中虽然不乏各种理论与思潮,但却是个传统价值缺失和被否定的时代。在人们放弃了建立于人文精神之上的传统价值后,纳粹主义等极端思潮的传播和泛滥才会成为可能。这正是令作者感到绝望,也希望能警示世人的地方。在那个混乱纷争的时代,信仰能够使人具备区分好坏善恶的判断能力,也能克服和压制恶势力在人心中的膨胀。换言之,罗特以为信仰是一剂救世良药,能使人摆脱各种恶念的毒化、净化人的心灵。在这部小说中,塔拉巴斯那类似于大彻大悟的转折,正是作者这种观点的体现。

译事不易,期待读者不吝赐教。

刘 炜

2018 年 7 月于德国汉堡

约瑟夫·罗特生平简表

1894 年 9 月 2 日	出生于奥匈帝国东部边境小城布朗迪（今属乌克兰）
1905—1913 年	在布朗迪上德语小学及文理中学
1914—1916 年	在林伯格大学及维也纳大学上学
1916—1918 年	参加第一次世界大战
1919 年起	作为记者，为维也纳、柏林、布拉格的报纸和杂志撰稿
1923 年起	为《法兰克福报》撰稿
1923 年	出版第一部小说《蛛网》（*Das Spinnennetz*）
1924 年	受《法兰克福报》委托进行波兰之旅。出版小说《萨沃伊饭店》（*Hotel Savoy*）、《反抗》（*Die Rebellion*）
1925 年	第一次法国之旅
1926 年	受《法兰克福报》委托进行苏联之旅
1927—1929 年	发表杂文《漫游中的犹太人》（*Juden auf*

	Wanderschaft）。出版小说《无尽的逃亡》（*Die Flucht ohne Ende*，1927）、《齐珀与他的父亲》（*Zipper und sein Vater*，1928）、《右与左》（*Rechts und Links*，1929）、《沉默的先知》（*Der stumme Prophet*，1929）
1930 年	出版小说《约伯记》（*Hiob*）
1932 年	出版小说《拉德茨基进行曲》（*Radetzkymarsch*），半年内再版五次
1933 年	因犹太出身和反对纳粹，被禁止在德国出版作品
1933—1939 年	流亡国外，陆续出版小说《塔拉巴斯》（*Tarabas*，1934）、《皇帝的胸像》（*Die Büste des Kaisers*，1935）、《百日》（*Die Hundert Tage*，1936）、《假秤》（*Das falsche Gewich*，1937）、《先王冢》（*Die Kapuzinergruft*，1938）、《一千零二夜》（*Die Geschichte von der 1002. Nacht*，1939）、《一个虔诚酒徒的传说》（*Die Legende vom heiligen Trinker*，1939）、《列维坦》（*Der Leviathan*，1940，罗特去世后出版）等
1939 年 5 月 27 日	客死巴黎